ドラゴンの角
遠征王と片翼の女王

高殿　円

12449

角川ビーンズ文庫

Contents

ドラゴンの角
遠征王と片翼の女王

ドラゴンの角
遠征王と片翼の女王

ゲルトルード=イベラ=グランヴィーア
アイオリアの従姉妹《いとこ》。始祖スカルディオ旧王家の血を継ぐ大公家当主。内政をとりしきる。のちのグランヴィーア朝初代ゲルトルードⅠ世。25歳。

アイオリア=メリッサ=アジェンセン
新王朝ユーノー朝パルメニアの国王アイオリアⅠ世（注：女性）。愛称オリエ。陽気な女たらし。外征を得意とし、のちに遠征王と呼ばれる。24歳。

ジャック=グレモロン
"ジャック・ザ・ルビー"と渾名《あだな》される二刀流の王騎士。童顔で単純でお人好し。(たぶん)26歳。
ゲイリー = オリンザ
特殊槍を使う腕ききの王騎士。ジャックの相棒。養女のアデライードとは恋人同士。29歳。
ナリス = イングラム
アイオリアの側近。銀騎士の誉れ高い、名門ヒルデブラント侯爵家出身の貴公子。アイオリアを愛する。27歳。

イラスト
麻々原絵里依　Ellie Mamahara

序幕　かくも優美なる夢　かくも優美なる残酷

美しい夢を見た。

かけらほどの雲影《うんえい》もない空に、百色の虹《にじ》がかかっている。見晴るかすリュケイオン、光の庭。毛布のような睡魔《すいま》の先に、緑色の羽根の天使が、慈悲《じひ》深い微笑《ほほえ》みをたたえてたたずんでいた。

天使は祖母の声で言った。


「アイオリアに、毒を飲ませよ」


幻惑《げんわく》の世界に、禍々《まがまが》しい言霊《ことだま》が混ざり込み、彼は——コルネリアス＝ゴッドフロアは、そこで目を覚ました。

また声がした。今度ははっきりと祖母の声だった。

「新王家《アジエンセン》の血を引く者を、一人たりとも生かしてはおけぬ」

彼は声を求めて、濃《こ》い闇《やみ》の中を毛布を引きずって部屋を出た。すぐ隣《となり》の部屋から明かりが洩《も》れていた。そこは、彼の祖母ドロテーアの部屋だった。

コルネリアスは、祖母が苦手だ。祖母はゴッドフロア家の家長であり、神経質な人間が多いとされる一族の中でも、とくに気むずかしい旧王族《スカルデイオ》だった。

声は、ほそぼそとした光とともに部屋の外に零《こぼ》れ出ていた。

「しかし、アイオリアはわたくしにとって姪《めい》。母上の孫でございます。毒を飲ませるというのはあまりにも……」

祖母と話しているのは、どうやら彼の母らしかった。彼の母バルバラは、三人姉妹《しまい》の長女で、すぐ下の妹が、従兄《いとこ》のグランヴィーア大公ニコラに嫁《とつ》いでいる。三女のエルデゾイルは現国王の王妃《おうひ》で国王との間に王女をもうけており、彼には二人の従妹《いとこ》がいた。それぞれ、アイオリアとゲルトルードという。

「可哀想《かわいそう》な妹《エルデゾイル》。腹を痛めて生んだ子が、よもや王家の血を引いておらぬとは……！」

コルネリアスはびくりと肩《かた》を鳴らして、戸口の鈴《すず》に伸《の》ばそうとしていた手を引っ込めた。彼は、母がここまで声を荒《あら》げるのを聞いたことがなかった。

彼は、感覚のなくなった指先でタペストリーをほんのすこしだけ横へずらした。テーブルに置かれた蠟燭《ろうそく》の明かりが、楕円形《だえんけい》に広がっていまにも闇に押しつぶされそうに見えた。

「あの子がイグナシオに嫁ぐと言い出したとき、わたくしが止めていれば……」

「イグナシオ。あの厚顔な偽《ぎ》王《おう》……」

しわがれた祖母の声は、古い物語に出てくる魔女《まじょ》を思わせた。

「スカルディオの血を一滴《ひとしずく》も受けずしてなにが王か。あのアイオリアの髪《かみ》の色を見るがいい。

悪魔《モルガーナ》のように真っ黒！　あんな不吉《ふきつ》な色をしたスカルディオなぞ見たことがない」

（アイオリア……）

コルネリアスはずいぶん会っていない従妹の顔を思い浮《う》かべた。金髪碧眼《きんぱつへきがん》が多い一族の中で、彼女の黒髪はたしかに異端《いたん》だった。あの赤い瞳《ひとみ》もだ。一族の人間はたいてい青い瞳をしていた。スカルディオの血族が、青い血といわれる所以《ゆえん》である。

反対に、彼のもう一人の従妹ゲルトルードは、母譲《ゆず》りの銀髪《ぎんぱつ》にすみれ色の瞳をした完璧《かんぺき》なスカルディオの外見を持っていた。それもそのはず、彼女は両親共に王家の人間で、いま生きている中では最も血の濃いスカルディオだ。

「このままではすまされぬよ」

祖母は予言者めいた口調で言った。

「このまま、汚《けが》れた血統を国主として仰《あお》ぎつづけるはパルメニアの恥《はじ》。一族の恥じゃ。かくなる上は、イグナシオを玉座から引きずりおろし、バルビザンデの宝冠《ほうかん》をスカルディオの手に取り戻《もど》すしかない」

彼は息もつけずに、憤怒《ふんぬ》に燃える祖母の横顔を見つめた。美しい顔だった。彼女もまた、スカルディオ特有の、氷雨《ひさめ》のような銀髪をしていた。

「アジェンセンの血を、一滴たりともわが血統に混じらせてはならぬ。

……ちょうどよい。あの猜疑心《さいぎしん》の強いシレジア王を安心させてやろうか」

「と、申しますと？」

「ミルザとか申したか。あのシレジアの公子にアイオリアをくれてやればよい」

「しかしそれでは、シレジアに、パルメニアの王位継承権《けいしょうけん》をもくれてやると同じこと……」

「馬鹿《ばか》な」

祖母はよく手入れの行き届いた爪《つめ》で、とんとんと机を打った。

「くれてやるのは、あの黒いちびだけじゃ。誰《だれ》が、玉座までくれてやると言った」

ドロテーアは小型のは虫類のように舌なめずりをした。

「油断させておくのじゃ。あの美しいローレンシアの土地をむざむざ眺《なが》めておるだけとは口惜《くちお》しい。いずれシレジアに兵を送り、併呑《へいどん》する。怒《いか》り狂《くる》ったシレジア王の手で、アイオリアは殺されよう。わが一族の手を汚《よご》すまでもない」

母が納得《なっとく》の息をついた。

「なるほど」

「王位はゲルトルードが継《つ》ぐ。あの子はいまに残るスカルディオの中で最も血が濃い。バルビザンデを守護に持つにふさわしい風格もある、賢《かしこ》い子だ。そなたの息子《むすこ》、コルネリアスを夫とすれば、さらに血の濃いスカルディオが誕生する。楽しみなことよ」

アイオリアを王にさせてはならぬ。

女二人のたくらみは、濁《にご》りを知らぬ夜の冷気にしんしんと溶《と》けていった。

コルネリアスはそっと戸口を離《はな》れた。彼は自分の寝台《しんだい》に戻《もど》り、その心臓の動悸《どうき》が聞こえぬよう、いそいで毛布にくるまった。

（……アイオリアが、王家の血を引いていない？）

たしかに、そう祖母は言うのを、コルネリアスは耳にした。彼はまだ小さかったので、それがどんなに重要なことであるか、気にもしなかった。ただ、だから彼女の髪はあんなに黒くて、自分たちとは違《ちが》うのだと、妙《みょう》に納得した。

コルネリアスは、固く目を瞑《つぶ》り、夢の女神《ギュイジーヌ》に、先ほどまで見ていた夢の続きを、もう一度見させてくださいと祈《いの》った。緑色の羽根の天使や、角の生えた馬や百色の虹、——美しい美しい異界《ヒルデグリム》。不思議なことに、あの夢を見るようになってからというもの、現実がひどくつまらないものに思えるのだった。

——やがて、睡魔がものうげな黒い翼《つばさ》をはためかせ、彼を異界へと連れ去った。

＊

その天蓋《てんがい》の中が、小さなゲルトルードにとって、すべての世界だった。

「！」

起きあがった瞬間《しゅんかん》に、現実が彼女——ゲルトルード＝イベラ＝グランヴィーアの狭《せま》い喉《のど》に蓋《ふた》をかぶせた。彼女は息を詰《つ》まらせ、背を丸めて咳《せ》き込んだ。いつもの発作《ほっさ》だ。肺の空気を吐《は》き尽《つ》くしてもまだ止まらない咳《せき》に、必死で顔を毛布に押しつける。ゲルトルードの体は、蛹《さなぎ》から出ようとしている蝶《ちょう》のようにびくびくと動き、やがてぐったりと止まった。

(苦しいよう……、痛いよう……。おかあさま、おかあさまは、どこ?)

おぼつかない足取りで、そっと部屋を出た。明かりのない真っ暗な中を、手探《てさぐ》りで壁《かべ》を伝って歩く。彼女は無意識のうちに、乳母やに背中をさすってもらうことより、母親のもとに行くことを選んでいた。

扉《とびら》はほんの少しだけ開いていた。彼女は乳母やに叱《しか》られることを承知で、無断で母親の部屋に入った。

「おかあさ……」

とたん、彼女の口は、またも見えざる手によって塞《ふさ》がれた。

黒い影がゆらゆらと窓辺に浮いていた。部屋に明かりはなく、ただぼうっとした月の明かりだけが、絵硝子《ガラス》を通して部屋に射しこみ、床《ゆか》に窓と同じ模様を描《えが》き出していた。

「死天使《クアール》――」

とっさに、彼女はそう思った。だが、窓に映った庭の木の枝が、ちょうど背中から羽根が生えているように見えただけだった。なにより、それは彼女の母親だった。

ゲルトルードはそれを――絹のスカーフをつなぎ合わせたものを天蓋にかけ、首を吊《つ》っている彼女の母親を、瞬《まばた》きもせずにぼんやりと見上げていた。

――いいえ、これは死天使に違いない。

彼女は、冷たくなった指先を、ぎゅっと握《にぎ》った。

(わたくしを、迎《むか》えに来たのだ)

今日、咳が酷《ひど》くて、口の中がずっと血の味がしていたのは、そのせいだったのだ。

ゲルトルードは、ゆっくりと黒い影《かげ》に向かって手を伸ばした。

死天使よ、はやく来い。そしてわたくしを異界へ連れていっておくれ。あそこでは、雨がふるたびに微熱《びねつ》を出すこともない。夜が太陽を臥所《ふしど》へ追いやり、ふたたび東の地平線を焦《こ》がす時刻となるまで、闇に響《ひび》くかすかな馬の蹄《ひづめ》に、ああ あれは死神の御者《ぎょしゃ》が自分を迎えに来たのではないかと、毛布の中で怯《おび》えることもないのだ。わたくしは咳ひとつせぬ健康体で、影の靴《くつ》を脱《ぬ》ぎ捨てて思うように外を駆《か》け回る――

だが、彼女の死天使は、いつまでたってもそこから下りてきてはくれなかった。

枝にとまっていた夜啼鳥《よなきどり》が、一声啼《な》いて高く飛び去った。

ゲルトルードには、それが母の魂《たましい》を抱《だ》いて駆け去った、死天使のラッパの音に聞こえた――

＊

その夜、アイオリア＝メリッサ＝アジェンセンは珍《めずら》しく、夢の女神《ギュイジーヌ》の恩恵《おんけい》を受けていた。

それは、まだアイオリアが、母の膝《ひざ》に甘えることを許されていたころの夢だった。大人の膝《ひざ》丈《たけ》ほどしかない彼女がよちよちと歩く先に、父親が手を広げて娘《むすめ》を受け止めようと待っている。

それを、芝《しば》の上に座って、微笑《ほほえ》みながら見つめているひとりの母親……。

どこの家の庭でも見かけるような、平凡《へいぼん》な家族の肖像画《しょうぞうが》がそこにあった。

「アイオリアさまを、シレジアへ!?」

突然、まどろみの世界を大きく揺《ゆ》すぶられて、アイオリアは、夢の女神《ギュイジーヌ》のゆりかごから突然《とつぜん》放《ほう》り出された。

「わたくしは、反対でございます。まだあんなにお小さいのに、シレジアへ嫁《とつ》がせるなど」

アイオリアは声を求めて、素足《すあし》のままそっと部屋を出た。声は、すぐ隣《となり》の部屋から洩《も》れていた。そこは、彼女の育ての親、アンドレアとシグリットの寝室《しんしつ》だった。

彼らは名門ヒルデブラント家の侯爵《こうしゃく》とその夫人であり、三年前から彼女の後見人を務めている。夫妻はとても仲がよく、あんなふうに大声を出して言い争うのはとても珍しいことだった。

部屋と部屋の間には扉はなく、入り口は分厚いタペストリーによって塞がれている。アイオリアは、その前にじっと息をひそめて立った。

「身勝手もいいところですわ。見捨てるも同然で放りだしておいて、いまさら政治の道具に使おうなんて！」

「シグリット、声が大きい」

夫は、興奮する妻をたしなめた。

「国と国との友好のためだ。一国の王女にお生まれになった身では、しかたのないことだ」

「ではなぜ、ゲルトルードさまではいけないのです？　アイオリアさまは、王位第一継承者でいらっしゃるのですよ。それを……」

「国王さまが、そう、お決めになったのだ。——明日、お迎えの馬車が来る。おまえがそう言うと思って、つい言い出せなかったのだ。許してくれ」

小さく開けた隙間《すきま》から、声を詰まらせた夫人が、顔を覆《おお》って泣き出すのが見えた。細かく震《ふる》える肩《かた》を、侯爵がそっと慰《なぐさ》めるように抱きしめた。

アイオリアは、ふたりが仲直りしたのだと思って、安心して寝室に戻《もど》った。

明日、王宮からお迎えが来るとじいやは言っていた。もしかしたらと、アイオリアは期待で胸が膨《ふく》らむのを感じた。おかあさまが、オリエを迎えに来てくださるのかもしれない。もう一度、いっしょに暮らそうとおっしゃってくださるのかもしれない。

（おかあさまに、会える！）

アイオリアは、毛布の間に身を滑《すべ》り込ませると、急いで目を瞑った。

はやくはやく、あしたが来ればいい。けれど朝は遠く、真っ黒な鴉《からす》が月の梢《こずえ》に留《とど》まって、その黒い翼で空を覆い隠《かく》してしまっている。なんて意地悪なんだろう！　アイオリアはぷうっと頰《ほお》を膨らませた。オリエははやく、大好きなおかあさまに会いたいのに……。

あしたは、お天気だといいな。

眠気《ねむけ》の毛布に包まれて、アイオリアはうっとりと目を閉じた。彼女を乗せた船は、睡魔《すいま》の舵《かじ》に従って、ゆっくりと意識の岸を遠ざかっていった。

第一幕　いとこどのの結婚

　星暦《せいれき》三三三年は、はや春を迎えていた。

　ホークランドとの戦端《せんたん》が開いた三三一年の暮れから翌三三二年にかけて、両国は事実上の膠《こう》着《ちゃく》状態にあった。例年になく厳しい冬にさらされたホークランドは、冬将軍とにらみ合いを続けながら年を越《こ》し、パルメニアでは蝗《いなご》の害にあった南部への支援《しえん》が冬に間に合わず、四千人もの死者を出すに至った。

　モレーの山の雪解けが始まり、ティルナンシー川の水量が倍になるころ、パルメニアよりずっと北、オズマニアでいくつかの小規模な戦闘《せんとう》があった。出動したのは、再編制ののち、新第一師団の団長に任命されたジャック＝グレモロン率いる第一師団と、ゲイリー＝オリンザ率いる第二師団の総勢四千五百名であった。

　ふたつの部隊は別々に動いた。ホークランドの斥候《せっこう》に、こちらの数を悟《さと》られないためである。ジャック＝グレモロン率いる第一師団は二千二百名。副長には名門出身のナゼール＝ロ・シャンボーが就《つ》いた。

　このナゼール、ナリス＝イングラムのもとで二年間副長を務めた男で、今回の軍再編にあたって、おそらく一個師団を任されるだろうと噂《うわさ》されていた。しかし、蓋を開けてみれば、どこの馬の骨ともわからぬ男の下で、またもや副長を務めることになったのである。ナゼールにしてみれば、当然面白《おもしろ》いわけがなかった。二刀流のジャック・ザ・ルビーといえば、トーナメントでこそ名が売れているが、いくら強くても指揮官としての能力がなければ、一個師団の長は務まらないのである。

閲兵式《えっぺいしき》の当日、彼はどんな鼻持ちならない大男がやってくるのか、いまかいまかと待ちかまえていた。しかし、予定の時刻を過ぎても、ジャックは干城府に姿を現さない。時間が過ぎるにつれて、ナゼールのマラカイト・グリーンの瞳《ひとみ》に苛立《いらだ》ちが募《つの》った。この色素の薄《うす》い目は、彼の自慢《じまん》だった。色素が薄ければ薄いほど、それはスカルディオの血を色濃《いろこ》く受け継《つ》いでいることになるのだ。

従兵の報告でようやくジャックを見つけたナゼールは、その風体《ふうてい》に啞然《あぜん》とした。彼の上官は配属されたばかりの新兵らと、諸肌脱《もろはだぬ》いでサイコロ賭博《とばく》の真っ最中だった。

「あんたが、おれの副官？」

横隔膜《おうかくまく》が痙攣《けいれん》するのを堪《こら》えてナゼールが頷《うなず》くと、ジャックはあっけらかんと笑った。

「ああよかった。じゃ、金貸して。さっきから負けっ放しなんだ」

……そんなわけで、第一師団は団長と副長が険悪な状態のまま、オズマニアに出兵することになったのである。

第一師団とホークランド軍は、何度か腹のさぐり合いをした後、ホウェイタットの丘《おか》を挟《はさ》んで対峙《たいじ》した。敵軍の数はおよそ四千。数から見れば倍というところであった。

「どういたしますか、団長」

ナゼールの言葉には微量《びりょう》の嫌味《いやみ》が混じっていたが、ジャックは気づかなかった。気づいたところで、それをどうとも思う彼ではない。

「どうしようか？」

「どうしようか、ではありません。作戦をたてていただかないと」

「でも、こういうことはナゼールの方が上手《うま》いだろう」

いきなり親しげに名を呼ばれて、ナゼールは心臓を摑《つか》まれたように驚《おどろ》いた。

「おれは馬鹿《ばか》だし、学がないから、むずかしいことはよくわからないんだ。オリエの下で何度か小部隊を持たせてもらったけど、それはあいつの言うとおり動いただけだし」

透きとおるような薄い金髪《きんぱつ》を、無造作にかきまわしながら、

「獲物《えもの》によって、戦い方にある程度の制限が出てくるから、そこらへんを考慮《こうりょ》に入れれば勝てるかもしれない。――向こうさんの編制はどうなってる？」

じいっと目をのぞき込むようにして言う。ナゼールは焦《あせ》った。

「前面に長弓隊を配置し、その後方に騎馬兵《きばへい》。歩兵は左翼《さよく》に展開。槍兵《そうへい》は見あたりません」

「ふーん……。じゃ、長弓のあとは、あとはつっこむだけか……」

ジャックは、形のよい下唇をつまんだ。

「じゃあ、うちは全員に弓を持たせてくれ。剣《けん》は捨てていい」

ナゼールは仰天《ぎょうてん》した。

「剣士に剣を捨てろとおっしゃるのですか？」

「あっちはこっちの倍なんだぜ。真っ向にぶつかったって勝てるはずないだろ。あの厚い騎馬の層を削《けず》るのには剣じゃだめだ。」

ジャックは黒板の上に、石灰の塊《かたまり》でいくつかの線を引いて作戦を示した。

ナゼールから作戦を聞かされた第一師団の兵らは、困惑《こんわく》の色を隠せなかった。彼らは、ナリス＝イングラムのもとで、徹底《てってい》的に騎士道《きしどう》をたたき込まれていたので、剣を捨てて戦うのに抵《てい》抗《こう》があったのである。

そんな兵らに、ジャックは言った。

「ケンカをするとき、殴《なぐ》るか蹴《け》るかはそうたいした問題じゃない」

折しも風は旗をぴんと伸《の》ばすほどの追い風。パルメニア軍は猛然《もうぜん》と襲《おそ》いかかるホークランドの騎馬兵に対し、姑息《こそく》とも言える戦法を取った。まともに戦わず、弓を射ては逃《に》げる戦法を取ったのである。

普段《ふだん》弓をあまり持たない剣士でも、空に向かって射ることはできる。しかも放たれた矢は、落下するとき速度を増すものだ。切れ間なくふりそそぐ矢の雨に、馬は動揺《どうよう》し次々に足を取られて横倒《よこだお》しになった。生き延びた者が応戦しようにも、彼らは矢を射ると、戦わずに後方へすたこら逃げてしまう。その間にも矢の雨はふりそそぐ。彼らは撤退《てったい》線をあらかじめ聞かされており、その旗の立っている場所まで逃げると、ふたたび矢を空へ射かけるため、矢の雨はとぎれることはなかった。

ホークランドの司令官は、おせじにも綺麗《きれい》とは言えないホークランド語で唸《うな》った。

「卑怯《ひきょう》だぞ。ちゃんと剣で戦え！」

戦闘不能者が続出する中、幸運にも三百ボルグを疾走《しっそう》できた彼らを待っていたのは、弓を捨てて長槍に持ち替《か》えた二千の大軍だった。

ジャックは言った。

「昔、追いかけてくる借金取りから逃げるために考えたんだが、けっこう使えるなぁ……」

馬上で指揮をしながらジャックがつぶやいたのを、ナゼールはしっかり耳にしていた。

こうして、ホウェイタットの戦いはパルメニア軍の大勝利で終わった。戦勝の報告を、と紙を差し出したナゼールに、ジャックは、

「よろしく。おれ、字書けないから」

と言って、山ほど浴びた血しぶきを削《そ》ぎ落としに、近くの川まで出かけていった。ナゼールの元には山のような事後処理が残された。

——一方、第二師団である。

第二師団の副長を務めるのは、エマリエル＝ギーシュという南部出身の青年だった。彼はトーナメントを見るのが趣味《しゅみ》だったので、自分の上官が、あのオリンジア使いのゲイリー＝オリンザだと知って狂喜乱舞《きょうきらんぶ》した。彼はガイに賭《か》けて負けたことがなかったし、三十リネットもあるオリンジアを軽々と振《ふ》り回すガイの戦いぶりは、彼にとってあこがれだった。つまりガイに

心酔《しんすい》していたのである。

オズマニアのローランジュ地方は低い山がいくつも連なる丘陵地帯《きゅうりょうちたい》で、平地が少なく、地理に疎《うと》いパルメニア軍は、地元の傭兵《ようへい》で構成されたホークランド軍に体《てい》よく引っかき回された。

ジャック同様、あまり大軍を指揮することに慣れていないガイは、経験豊富な副長の意見を聞きたがったが、

「わたくしは、どんなことがあっても団長殿《どの》についていきます！」

と、鸚鵡《おうむ》のように繰《く》り返すので、少々うんざりしていた。

さて、どうしたものか。敵は少数ゆえに、決して平地に出てこず、パルメニア軍が移動するのを狙《ねら》って、山道で奇襲《きしゅう》を仕掛《しか》けてくる。あまり長引かせるわけにはいかない。ガイが、焦りを顔に滲《にじ》ませないようにしながら宿営所を歩いていたとき、ふと、兵らが竈《かまど》を作っているのが目に入った。

「副長殿」

エマリエルと呼んでくださいという申し出を丁重《ていちょう》に無視して、ガイは言った。

「敵の兵はどれくらい減ったと報告があったか？」

「三百ほどだと聞いております」

「なぜわかる？」

「竈の跡《あと》が、あきらかに減っているからです」

ガイはいたずらを思いついた子供のようにニヤッと笑った。

数日後、パルメニア軍の野営の跡を通りかかったホークランド軍は、この前確認《かくにん》した数より大幅《おおはば》に竃の数が減っているのを見て驚喜《きょうき》した。

「奴《やつ》ら、いつのまにやらこんなにも減っていやがる。この数ならばもはや千もいないだろう。平地に誘《さそ》い出し、一気に殲滅《せんめつ》してくれる」

はたして、ローランジュ平原に現れたパルメニア軍は、ホークランド側の予想を遥《はる》かに上回っていた。

「な、何故《なぜ》だ。奴らの数は半減していたのではなかったのか⁉」

ホークランド軍司令官は、その答えを永遠に知る機会に恵《めぐ》まれなかった。ガイは兵らに命じて、竃の数を極端《きょくたん》に少なく作らせたのである。彼らはその数に惑《まど》わされ、竃の数同様、兵も半減していると思いこんだのだった。

「馬鹿なモグラがのこのこ陽《ひ》の下に現れたぞ！」

山岳《さんがく》戦で良《い》いところを見せられなかった第二師団は、まさに水を得た魚とばかりに奮戦した。虚《きょ》をつかれたホークランド軍は、パルメニア軍の猛攻《もうこう》を受けてすぐにちりぢりとなった。勝敗はあっというまに決した。司令官は、部下の馬を奪《うば》ってまで逃走《とうそう》しようとしたが、二度馬を替えたところで、オリンジアの長い刃《は》の餌食《えじき》になった。

ジャックとガイは、この半年の間に大小四回ほどの戦闘《せんとう》に参加し、それぞれ少なからぬ功績をあげた。

国王の誕生日に開かれた夜会で、ふたりは約半年ぶりに再会した。

「よう」

壁《かべ》にもたれてビールをちびちびやっていたジャックに、ガイが声をかけた。それぞれ新調された隊服を身にまとっている。基調は白だが、帽子《ぼうし》と胸に付ける徽章《きしょう》、房《ふさ》の色がそれぞれ異なっていた。第一師団はアザミの赤。第二師団はオリーブの青。第三師団はクローバーの緑という風に。デザインは、すべてアイオリアの愛妾《あいしょう》達が考えたもので、他人の服の趣味に煩《うるさ》いというリオ＝ジェロニモのお墨付《すみつ》きである。

あっというまに手持ちの瓶《びん》を空にしてしまうと、ふたりはテーブルごと拉致《らち》してきて広間の隅《すみ》で酒盛りを始めた。そんな彼らの様子を遠目に見ながら、彼らの部下が、どちらが先につぶれるか賭けていたのをふたりは知らない。

「褒賞《ほうしょう》は貰《もら》ったのか？」

華々《はなばな》しく初陣《ういじん》を飾《かざ》ったあかつきには、オリエはふたりに好きなものを褒美《ほうび》に与《あた》えると約束していたのだ。

「ああ……」

「何を貰った？　金か、それとも女か」

「二百ファビアンだ」

ファビアンとはパルメニア銅貨のことで、ワイン樽《だる》がひとつ買えるか買えないかほどの少額である。ガイは渋《しぶ》い顔をした。明らかにワインが不味《まず》いという顔ではなかった。

「なんでまた、二百ファビアンなんだ？」

欲のない第一師団長は、あっけらかんと答えた。

「ナゼールに借金返してないんだ」

一方、ガイがオリエに褒賞として賜与願《しょ》ったのは、写実画家として名高いシャドロワが、美女ばかりを描《か》いた絵をまとめたという本であった。伝説の女王から、王の寵姫《ちょうき》、娼婦《しょうふ》まで、古今東西ありとあらゆる時代の美女の絵がまとめられていて、その総頁《ページ》数は三百を下らないという。

この本にはさまざまな逸話《いつわ》がある。中でも有名なのが、エルゼリオ＝サルナード男爵《だんしゃく》の逸話で、ある種の笑い話として、いまでも人々の口《くち》の端《は》にのぼる。

「愛の伝道師」との異名をとる男爵は、ある時この美女通鑑《つがん》の編纂《へんさん》をミルドレッド王に頼《たの》まれた。彼は嬉々《きき》として仕事に取りかかり、あっというまに頁数を倍にしてしまった。というのも、彼は美しければ男も女もいとわない両刀使い、究極の博愛主義であったので、彼の編纂を経て、美女通鑑は、美形通鑑にその名を変えてしまったのだ。

この逸話をナリスから聞かされたアイオリアは、顔も知らぬ百年前の英雄《えいゆう》を心底恨《うら》んだ。

「おのれ、両刀男爵。余計なことを！」

彼女は自他共に認める大の男性主義者《ホモ》嫌《ぎら》いであった。

余談であるが、アイオリアの御代《みよ》に、この通鑑は実に百枚も増頁されることになり、困り果てた編纂者は第二巻を作ることにした。アイオリア自身は載《の》っていないが、ゲルトルードの名前はある。二巻目の最後の頁を飾るのは、グランヴィーア朝第十四代目の王、アルフォンス二

世で、その夫たるマウリシオ＝セリー侯爵《こうしゃく》が王に無断で掲載《けいさい》したのであった。——閑話《かんわ》休題。

「おまえもオリエも、とうの昔に死んだ女の顔なんか見て、何が楽しいんだ？」

双刀《そうとう》の騎士《きし》であるにも拘《かか》わらず、こと色恋《いろこい》に関しては両刀どころか片刀でもあやしいジャックであった。

「女好きって、さっぱりわかんね」

「あんなやつと俺を一緒《いっしょ》にするな」

不敬罪に当たる言葉をぽんぽん交《か》わしながら、ふたりはお互いの杯《さかずき》の上にワイン壺《つぼ》を傾《かたむ》けた。

もはやそれは、注《つ》ぐというより、ぶっかけるという行為《こうい》に等しい。

「どう違《ちが》うんだ？」

「いいか、教えてやるから、耳の穴かっぽじってよーく聞いとけ。

あいつは女を着飾《きかざ》らせるのが好きだ。だが、俺は着せるより、脱《ぬ》がす方が好きだ」

「ふーん……。よくわからん」

「よくわからんじゃないだろう。おまえだって女房《にょうぼう》と子作りするとき、服ぐらい脱がすだろうが」

ガイは顎《あご》をのけぞらせてワインをあおった。

「そ、そんなことっ！」

ジャックはワイン壺（すでにふたりは杯を使うことを放棄《ほうき》している）を床《ゆか》に投げ出して喚《わめ》いた。

「そ、そりゃあ、エティエンヌとは、次は女の子がいいねって言ってるけど……」

誰《だれ》もそんなことは聞いていない。

ガイは空になったワイン壺をぐいぐい横へ押しやりながら、

「結婚《けっこん》なんぞ馬鹿らしいよ。容色の衰《おとろ》えた女が、夫を縛《しば》り付けておくために考え出した悪法としか思えん。

だいたい、この世に女はごまんといるのに、何を好きこのんでたったひとりに縛られ……」

ガイの長広舌《ちょうこうぜつ》はそこで止まった。ジャックの背後に、巨大《きょだい》なワイン壺を抱《かか》え、憤怒《ふんぬ》の形相のアデライードを見つけたからである。

第二師団の団長が、国王の第八夫人にしばき倒されているころ、本日の主役は、名家の花園《はなぞの》でそのかぐわしい香《かお》りに酔《よ》いしれていた。

「お誕生日、おめでとうございまする、陛下」

アヴァロン伯《はく》夫人が、数人の侍女《じじょ》に大きな長持を持たせてやってきた。彼女は孫のお披露目《ひろめ》のために都入りして以来、アイオリアにすっかり入れあげて、夫が何度催促《さいそく》しても領地に戻《もど》ろうとしなかった。

「こちらは、エシェロンからとりよせました絹でございますの」

どん、と肘《ひじ》でほかの者を押し退《の》け、アイオリアのそばににじりよる。

「やあ、これは綺麗《きれい》だな」

「でしょう。あちらでも最高級の絹ですのよ」

「絹のことを言ったのではないよ。綺麗なのは貴女《あなた》だ。マルチェリーナ……」

そう伯爵《はくしゃく》夫人の名前をささやくと、夫人の耳たぶにふっと息を吹《ふ》きかけた。

「その絹は貴女の柔肌《やわはだ》をつつむ寝衣《ねまき》に仕立てられるといい。きっと、貴女を安らかな眠《ねむ》りの園に誘《さそ》ってくれるだろうから。

そして、願わくばその眠りの園で、貴女がわたしの夢を見てくださるように……」

卒倒《そっとう》寸前の夫人の背中を、侍女達が後ろから懸命《けんめい》に支える。アイオリアはあでやかに笑って、また新たに居間に運び込まれた長持のほうに目をやった。

「そのすばらしいショールを贈《おく》ってくださったのは誰かな?」

「わたくしですわ。国王陛下」

声の主は、セリー侯爵夫人アジオーラだった。

「陛下がすこしでも暖かく冬を過ごせるように、わたくしが心を込《こ》めてひと針ひと針縫《ぬ》ってさしあげましたの。冬将軍がローランドに長居をしては、お体にさわりますでしょう」

「貴女らしい。貴女の贈り物はいつも、子を思う母のようにやさしいね」

でも、とアイオリアは続けた。

「貴女が私の母でなくてよかった」

「あら、どうして?」

「母親に、恋するわけにはいかない」

頬《ほお》にキスを受けたアジオーラは、生娘《きむすめ》のように赤面した。

慌《あわ》ててアイオリアの手をふりほどく。王は笑ってそれをかわした。

「へ、陛下、またそんなお戯《たわむ》れを！」

「戯れではないさ。恋は炎《ほのお》のごときもの。たとい冬将軍の息吹《いぶき》をもってしても、凍《こお》り付かせることはかなわぬ」

「おっと……」

そのとき、コマネズミのような素早《すばや》さで、アイオリアの前まで駆《か》けてきたものがいた。娘は誰かの脇《わき》下をくぐろうとして、背を押されて前につんのめった。

アイオリアは、彼女を抱《だ》き留めようととっさに腕《うで》を伸《の》ばした。ちょうど下敷《したじ》きになるようなかたちで床に手をつく。

「きみは……？」

腕の中でうつむく娘の顎を、アイオリアはなにか軽いものでも持ち上げるように、

「どこの群からはぐれて来たの。小鳥さん」

「ご無礼を、陛下」

「どこかで見たことあると思ったら、きみはエルレインだね。ブルーシー伯夫人の妹御《いもうとご》の」

名前を言い当てられた娘は、まだ幼さの残る顔に喜びととまどいを同居させた。

「そんなに急いで、どうしたの？」

「陛下わたくしは……」

「ああ、わかった」

アイオリアは、娘の髪《かみ》に黄色い菜の花を見つけると、すっと引っ張りながら、

「きみはわたしに春を運んできてくれたんだね」

娘の顔がぱっとほころんだ。その菜の花は、彼女が今夜の夜会のために、南部の実家から馬を飛ばして届けさせたものだ。冬の花は宝石より貴重である。ましてや、今日の夜会で菜の花を耳にさしてくる婦人は、自分以外にはいまい。

「お、お願いでございます。わたくしを、陛下の愛妾《あいしょう》にしてくださいませ」

突然《とつぜん》の申し出に、その場がざわめきたった。

「母上さまが、母上さまが勝手にわたくしの縁談《えんだん》を……。でもわたくしは、陛下をお慕《した》いしているのでございます。どうか……」

アイオリアは少し困ったような顔をして、

「きみの母君は、たしかバイエル公のゆかりの方だね」

「陛下……」

「ねえ、小鳥さん。よく聞いて」

アイオリアは、涙《なみだ》でいまにも溶《と》けてしまいそうな娘の目を、指の腹で拭《ぬぐ》った。

「貴女のお母上のことはよく知っている。いやがる娘に無理強《むりじ》いなさるような方ではないよ。戻ってよく話し合われると良《い》い。そして、いつでも花園に遊びにいらっしゃい。花園の番人は、蝶《ちょう》と小鳥の来訪には寛大《かんだい》なんだ」

アイオリアはサッと手を挙げ、音楽隊を促《うなが》した。

「ダンスを！」

アイオリアの声を合図に、のろのろとした音楽が、一変して軽快な拍子《ひょうし》に変わる。

一方、玉座近くでは、王の八人の愛妾達が、第三夫人ブリジット＝パルマンの語る詩にじっと聞き入っていた。

「〝黒いしとねにその身を横たえて久しく、夜は、重くたれ込めた雲の天蓋《てんがい》の中に太陽を招き入れようとする……〟」

それは、パルメニアに伝わる古い神話のひとつだった。太陽に恋《こい》した月は必死にその後を追いかけるけれども、太陽はたくましい夜の神に誘われるまま、彼の臥所《ふしど》へ赴《おもむ》き、夜が明けるまで、残された月はひとり呆然《ぼうぜん》と青ざめるのである。

ブリジットが半分まで語ったところで、第二夫人クラウディア＝ファリャ公爵令嬢《こうしゃくれいじょう》が、大仰《おおぎょう》にあくびをしてみせた。

「ああ、退屈《たいくつ》ですこと。

そりゃあ、古めかしい誰かさんには、古くさいお話がお似合いですけれど……」

「あら」

ブリジットは語るのを中断して、ひっそりと笑った。

「そういえば、もう子供はおねんねの時間ですわね」

「な、なんですって!!」

「まあまあ、ふたりとも……」

いつものように、第七夫人マリー＝フロレル＝ビクトワール子爵令嬢《ししゃくれいじょう》が二人の間に割ってはいった。

ケンカは長くは続かなかった。音楽が変わったことに気づいたクラウディアが、アイオリアの姿を探し始めたからである。

「その足じゃ、あんたにダンスは無理ね。フロレル」

クラウディアは勝ち誇《ほこ》ったようにそう言って、ツバメを思わせる軽快さで身を翻《ひるがえ》した。いままでブリジットの詩に聞き惚《ほ》れていたアルバドラ三姉妹《しまい》も、立ち上がってアイオリアを探しに行った。ふと横を見ると、ブリジットもいない。誰かにダンスを誘われたのかもしれなかった。

フロレルは溜《た》め息《いき》をついて、長椅子《ながいす》に一人ぽつねんと座っていた。足の悪い彼女は、ダンスはおろか一人で立つこともできない。怪我《けが》のためではない。不思議なことだったが、ある日突然立てなくなったのだった。

「フロレル」

ふいに名を呼ばれて、彼女は驚《おどろ》いて顔を上げた。いつからそこにいたのか、目の前にアイオリアがいた。

「心ここにあらずといった感じだね。わたしの天使さん」

輝《かがや》くような笑顔《えがお》で話しかけられて、フロレルはまぶしそうに目を細めた。

「踊《おど》ろうか」

「えっ」

驚くフロレルをすくいあげるように抱きあげて、アイオリアは広間の方へ歩いていった。

「……陛下、わたくしの足は……」

「いいからいいから」

アイオリアの後を追ってきたクラウディアが、腕の中にいるフロレルを見て顔をさっと曇《くも》らせた。

「どうしてフロレルが陛下と踊っているのよ！　あの子が踊れるわけないじゃない！」

横抱きにしたまま、面白《おもしろ》がってくるくると回すアイオリアに、フロレルは透《す》きとおった頬を紅潮させた。

人々の奇異《きい》な目が、彼女たちに集中する。

「陛下……」

「大丈夫《だいじょうぶ》。あなたなんて軽い軽い。羽根枕《まくら》を抱いているようだ」

ひとしきり広間の視線を浴びた後、アイオリアは彼女を居間のはじにある長椅子に横たえた。

「疲《つか》れた？」

「いいえ。うれしゅうございました。陛下と踊れる日が来るなんて、夢にも……」

フロレルは撫《な》でるようにアイオリアを見つめると、右手をそっと頬に寄せた。

「ねえ、陛下」

「なに？」

「わたくし、次はもっと丈夫に生まれてまいりますから。

次の世はきっときっと、陛下の王騎士《きし》にしてくださいませ」

アイオリアは困ったように首を振《ふ》った。

「…急に、なにを言うの」

「ねえ、お願いでございます。生まれ変わっても、フロレルを陛下のおそばにおいてくださいませ」

「気弱なことをお言いでないよ。わたしの天使さん」

アイオリアは、フロレルの痩《こ》けた頬を両の手で押し包んだ。

「貴女がいなくなったら、この城に永遠に春が来なくなってしまう。次の世なんて言わないで、このままずっとわたしのそばにいておくれ」

そのとき、音楽隊のバグパイプが鳴《な》り響《ひび》き、貴人の入城を告げた。アイオリアの前の人垣《ひとがき》が割れ、皆《みな》が波のように膝《ひざ》を折って傅《かしず》いていくのがわかる。

アイオリアはほっと息をついた。

「いとこどの……」

現れたのは、グランヴィーア大公ゲルトルードであった。

「そうか、今日はそなたの誕生日であったな」

ゲルトルードは、玉座の周りに山と積まれた贈《おく》り物《もの》を見て、興味なさげに言った。

「いとこどのは、わたしになにをくれるのかな？」

「そなたにやれるものなぞ、なにもない」

「そんなあ、ひどいよ」

「わたしのものは……」

そういって、座っているアイオリアに近づき、片手で顎《あご》をもちあげる。

「すべて、そなたに分け与《あた》えている。そうであろう」

アイオリアはくすぐったそうに笑って、ゲルトルードに寄りかかった。

「そうだね。──そうだった。知ってる……」

椅子をあつらえようとする侍女《じじょ》に無用なことを告げて、ゲルトルードはアイオリアに向きなおった。

「それにしても珍《めずら》しいな。いとこどのがわたしの夜会に出てくるなんて」

「そなたに用があったのでな。ちょうどよい。みなにも聞いてもらいたいことがある」

ゲルトルードは、それをまるで他人事《ひとごと》のようなそっけなさで言った。

「わたくしは結婚《けっこん》する」

アイオリアの手から、陶器《とうき》のグラスがすべって落ちた。

「……け…、結婚？」

にわかには信じがたいといった表情で、アイオリアは呆然《ぼうぜん》とした。

「だだだだだ、誰《だれ》が!?」

「わたしがだ」

「誰とっ!?」

すがりつこうとするアイオリアを振《ふ》り払《はら》って、ゲルトルードはひらりと身を翻した。

「アーシュレイ＝サンシモン伯爵《はくしゃく》」

アイオリアは両眼をくわっと見開いた。

「アーシュレイ……、あの、くされ倒錯野郎《ロゼッテイ》かっ」

アイオリアは滑《すべ》るように玉座を下り、ゲルトルードの後を追った。

「ねえ…、ねえ、ちょっと待ってよ。いとこどの」

ゲルトルードの影《かげ》を踏《ふ》んで歩きながら、アイオリアは、胸に手を当てて、自分に言い聞かせるように言った。

「結婚なんて、そんなのなにかの間違《まちが》いだよね。いとこどのはわたしのことを愛してるんだし、それに――」

ゲルトルードが急に振り向いた。内包物のないアメジストの瞳《ひとみ》が、冷ややかにアイオリアを見据《みす》えていた。

アイオリアはごくりと唾《つば》を飲み込んだ。

「……いとこど……」

ゲルトルードは、あくまで冷淡《れいたん》に言った。

「もう、決めたことだ」

――アイオリアの大絶叫《ぜっきょう》で、その日の夜会は幕を閉じた。

第二幕　かの麗しきロゼッティ

　銀騎士ナリス＝イングラムは、約半年ぶりにブランマージュの森にある、とある友人宅を訪《おとず》れていた。

　友人の名前を、アーシュレイ＝サンシモンという。れっきとした伯爵家の当主である。伯爵家といっても、サンシモン伯爵家は旧王家からは縁遠《えんどお》く、前当主が病がちであったために、そして現当主が一風変わった気質であるがゆえに、久しく社交界から遠ざかっていた。

　ナリスは供も連れずに、単騎《たんき》ブランマージュの森へ急いだ。主に王侯貴族の屋敷《やしき》は、王宮を取り囲むように位置していて、昔からその辺りを外郭《がいかく》とよぶが、サンシモン伯爵邸《はくしゃくてい》はこの外郭にはない。王宮の右翼《うよく》に広がるブランマージュの森に、隠《かく》れるようにひっそりと建っているのである。

　家令に急な訪問をわびた後、ナリスは屋敷の奥にある彼の部屋へと向かった。

（あいかわらずだな……）

　冬をぬけたばかりだというのに、屋敷の中はむせかえるような花の匂《にお》いだった。白い雪のような花が散った後のアーモンドの樹《き》に蔦《つた》がからみつき、地には桃色《ももいろ》の春スミレが、石畳《いしだたみ》の隙間《すきま》からは少し早いカノコソウと白詰草《しろつめくさ》。花壇《かだん》には青紫色《あおむらさきいろ》のムスカリが群生し、その周りを絵画を飾《かざ》る額のように取り囲んでいるのは苺《いちご》の白い花。ナリスの頭の上辺りに花をつけた辛夷《こぶし》が、とくに強い香《かお》りを放っている。

まるで深い森に迷い込んだようだ。いつ来ても、ナリスはこの屋敷だけ、永遠に春がとどまり続けているような錯覚《さっかく》にとらわれるのだった。

クスクスという笑い声がして、ナリスは声のする方に足を向けた。名も知らぬ花を踏んで歩く。はたして、棘《とげ》と蔦がからみついた古いあずまやに、この家の当主はいた。

「アーシュレイ」

声をかけると、男は顔を上げた。彼は陶製《とうせい》の高価な浴槽《よくそう》に身を浸《ひた》し、誰かとふざけあっていた。女の手だと思ったそれは、ユキヤナギの花だった。彼は花と戯《たわむ》れていたのだ。

「やあ、ナリスじゃないか」

彼は掴《つか》んでいたユキヤナギの枝を放して、唖然《あぜん》とする友人に笑いかけた。

「そんなところにつったってないで、こちらにおいでよ。ぼくの体からもいい匂いがするのがわかるだろう？」

そういって彼は立ち上がり、石蠟《せきろう》のように白い裸身《らしん》をあらわにした。立ち上がった拍子《ひょうし》に、彼の体からはらはらと花びらが散った。浴槽に溜《た》まっていたものが、水ではなく花びらだったことに、ナリスは驚《おどろ》いた。

「……アーシュレイ……」

ナリスは額を押さえて唸《うな》るように言った。

「なにか着たまえ」

「あいにく、そういう習慣はないんだ」

彼はそう言って、枝にかけてあった白い布を体に巻き付けた。

アーシュレイ＝サンシモン。彼は、現代に生きる唯一《ゆいいつ》のロゼッティといわれる。

そもそもロゼッティ家は、第三代国王イザーシュ一世の子、ナサニエル＝ロゼッティを祖とする名門であったが、その多くは、現世に執着《しゅうちゃく》せず退廃《たいはい》を好み、ただひたすら己《おのれ》の美学にのみ一生を投じた。それでもなにかに没頭《ぼっとう》できたロゼッティは幸運というべきで、それもひとたび興味を失えば、その日を境にだんだんと眠《ねむ》りが深くなる。かの隻眼王《せきがん》ミルドレッドの片翼《かたよく》をになったラウドミア＝ロゼッティ子爵《ししゃく》は、ミルドレッド崩御《ほうぎょ》とともに眠りにつき、そのままついに目覚めることはなかったという。

ロゼッティ家自体は二三九年、領民の叛乱《はんらん》により取りつぶしにあったが、その血は絶えることなく狂気《きょうき》とともに現れる。

そして現代、その血を最も色濃《いろこ》く継いでいると言われているのが、このアーシュレイ＝サンシモン伯爵なのである。

硝子《ガラス》色のほとんど色を有さない瞳。スカルディオ独特の色素のうすい金髪《きんぱつ》を腰《こし》まで伸《の》ばしたその姿は、人間の成人男性というよりは、水から上がったばかりの水の精霊《パイシー》を思わせる。

彼は花を愛し、造園に異常なまでの熱情を捧《ささ》げた。彼の屋敷は中と言わず外と言わずどこも植物だらけで、庭というよりほぼ廃園《はいえん》に近い。彼自身もほとんどものを食べず、花の蜜《みつ》を食べ、葉に溜まった夜露《よつゆ》を飲むといった精霊《リリアンシール》のような生活をしていた。

「なにか食べないと体に悪いですよ」

そう、ナリスが心配しても、

「きみは知らないらしいが、異界《ヒルデグリム》ではみな花の蜜を食べ、そのかぐわしい香《かお》りを嗅《か》いで昨日を忘れて生きる。だからみな幸せなのさ。昨日など、覚えていても苦しいだけだからね」

そう笑って取り合わなかった。

「異界？」

「そう、あるはずのない世界さ。

きみはスカルディオの血が濃《こ》いのに、子供のころ異界を夢にみなかったみたいだね。ナリス」

意外そうに、唇《くちびる》をすぼめた。

「異界では、人々は笑うこと以外知らぬ抱《だ》き人形のように、笑いさざめきあい、歌う。――そう、彼らのきままなおしゃべりはすべて歌だ。苦々しい現実に蜜糖をぶち込んで飲み下すこともない。心ない世辞も巧妙《こうみょう》な嘘《うそ》も、音にくるまれてすべてきよらかな音楽となりはてる……」

至上の楽園――と、彼は言い換《か》えた。

彼は手のひらで浴槽の中の花びらをすくい上げた。

「きみだって神話ぐらい読んだことはあるだろう。パルメニアに伝わる創世の物語を……」

「も、もちろん」

「あそこに書いてあるとおりだよ。ヒルデグリムは。

〝見よ、あれは賢者《けんじゃ》の来たる西。この世を混沌《こんとん》から救ったという巨人《きょじん》が眠る山。青いえにしだの枝に星はひっかかり、月も太陽もまぜこぜの空を飛ぶのは鳥ではなく船。猫《ねこ》の顔をした船頭に星くずはかき混ぜられ、あるいは地に降り注いでうたたねの一角獣《いっかくじゅう》を驚かす……〟」

目の前にあるものを描写《びょうしゃ》するように、淡々《たんたん》と彼は語った。

「きみが来ることは、風の精霊《エーメリー》が教えてくれた。そして、その理由も。だからこうして、待っていた」

「馬鹿な」

「それじゃあ、当ててあげよう。きみは真相を確かめに来たんだ。グランヴィーア大公ゲルトルードが、結婚相手にぼくを選んだという噂《うわさ》のね……」

言い当てられて、ナリスは思わず黙《だま》り込んだ。

アーシュレイはクスクス笑った。

「教えてあげても良《い》いけど、そのかわりお願いがある」

「えっ」

彼が薔薇《ばら》の花びらを口に含《ふく》むのを、ナリスは止めなかった。この友人が花を食べるのを見るのは初めてではない。

二人の少年が（しかも彼らもほとんど全裸《ぜんら》に近い格好だった）、さきほどの浴槽にゆっくりと湯を入れ始めた。花びらが浮《う》いて、湯気とともに甘い香りが辺りに飛び散った。

アーシュレイはあっというまに布を脱《ぬ》ぎ捨てると、ふたたびその浴槽に身を浸した。

「もうすぐ、ぼくを殺そうとする者がやってくる。だからぼくの命を守ってほしい」

「殺すですって⁉」

ナリスは水色の目を激しく瞬《しばた》かせた。

「助けてくれるかい？」

「も、もちろん」

「きみの神に誓《ちか》って？」

彼が挑《いど》むように見るので、ナリスはしぶしぶニムロッドに誓った。

「わが守護、大地の精霊王《マディ・アン・ニムロッド》に誓って……」

少年達は、アーシュレイの手や足に、手のひらですくった花びらをかけはじめた。ほぼ全裸に近い少年が、主人の体をなで回すなど尋常《じんじょう》ではない。ナリスはもはや驚かなかったが、これを初めて見たときは、自分たちの友情のあり方について真剣《しんけん》に悩《なや》んだものである。

ふいに彼は目を瞑《つぶ》った。じっとなにかに聞き入っているようだった。

「ああ、もうそこまで来ているね」

誰かが草を割ってこちらに近づいてくる。藤棚《ふじだな》の枯《か》れた蔓《つる》をかき分けるようにして現れた人物を見て、ナリスは仰天《ぎょうてん》した。

「へ、陛下――‼」

現れたのは、パルメニア国王、アイオリアだった。

アイオリアは、肌《はだ》もあらわに少年達と戯れる（彼女にはそう見えた）アーシュレイを見て、サッと顔つきを険しくした。

「無礼は許せ。サンシモン伯爵《はくしゃく》、貴公がわたしの従姉《いとこ》であるグランヴィーア大公ゲルトルードとの婚約《こんやく》を受諾《じゅだく》したというのは本当か」

アーシュレイはアイオリアの方を向きなおることなく、気持ちよさげにうっとりと目を瞑った。自分の指に舌を這《は》わせ、いたずらに舌の上に花びらをのせてみせる。

アイオリアはいらだたしげに叫《さけ》んだ。

「伯爵!!　わたしは質問しているんだ」

それでも、アーシュレイはまだぼんやりとして、少年達の手の感触《かんしょく》を楽しんでいる。

「アーシュレイ！」

ナリスが厳しく言った。

彼は半開きの目をアイオリアに向けて、ふうっと息を吐《は》いた。

「……きもちいい……」

アイオリアはキレた。

「ぶっ殺す!!」

腰の剣《けん》に手をかけたアイオリアを、ナリスが慌《あわ》てて止めた。

「だ、だめです。陛下!!」

「はなせナリス、こんな変態に大事ないとこどのをやれるかあっ！

この社会的やくたたず、不要人間、くされ薔薇風呂《ばらぶろ》ホモめっ」

「陛下、なんということを!!」

社会的やくたたずはともかく、くされ薔薇風呂ホモはあんまりだろう。

ナリスが制止するのも聞かず、アイオリアはかつてない形相で怒鳴《どな》り続けた。

「あ、あんな倒錯野郎《とうさくやろう》と、わたしのいとこどのが……ああ、考えただけで虫ずが走る……」

アイオリアは、男性主義者《ホモ》に強い偏見《へんけん》を持っていた。彼女は前任のローランド司教に熱烈《ねつれつ》な恋文《こいぶみ》を貰《もら》ったことがあるのだが、その司教、実は美しい少年が大好きな男性主義者であった。

「おぞましい！　世の中にはあんなにかわいい女の子達がたくさんいるのに、同性にしか欲情しないなんて……」

彼女は頭を抱《かか》えてがたがた震《ふる》えた。

「だいたい、ホモなんて奴らは一人いたら三十人はいるものだ。それに、わたしはハゲの次にホモが嫌《きら》いだ。ハゲとホモは抱き合って心中すればいいと思っている」

「では、ハゲたホモは……」

「そんなやつは埋《う》めてしまえ！」

一秒のためらいもなく、アイオリアは言いきった。

「陛下。アーシュレイは男性主義者ではありません。あの少年はただの従者です」

「じゃあなぜあんな格好で奉仕《ほうし》しているんだ。まだ寒いのに、ほとんど裸《はだか》じゃないか！」

アイオリアは喚《わめ》いた。

「わたしはすね毛が嫌いなんだ」

「そんな！　すね毛くらい、わたしにだって生えてます！」

「じゃあ、剃《そ》れ!!」

ナリスがうっとひるんだすきに、アイオリアはふたたび腰《こし》の剣に手をかけた。慌てて後ろから羽交《はが》い締《じ》めにする。

「だ、だめです。陛下。落ち着いてください。もうすこし穏《おだ》やかな解決法を……」

アイオリアはぎりりと歯ぎしりすると、手袋《てぶくろ》をしたままの手で前髪《まえがみ》をかき上げた。

「じゃあ、選ばせてやる。
①いま殺す
②あとで殺す
③川に流す」
「結局殺すんじゃないですか!?」

アイオリアは煩《うるさ》くまとわりついてくるナリスをぶっとばし、剣を抜《ぬ》いて鞘《さや》を後方へ投げた。

「伯爵、決闘《けっとう》だ!!」

彼女は、まだ風呂に入っているアーシュレイの前に大股《おおまた》開きで立ちはだかった。

「騎士《きし》として、正々堂々勝負しろ！」

「さて……」

アーシュレイは首の辺りに湯をかけながら、

「おそれながら、わたくしは花一輪より重いものは持ったことはございません。むろん、剣などという無骨な鉄の塊《かたまり》もしかり。これではとても、正々堂々とは申せますまい」

アイオリアはますます怒《いか》り狂《くる》った。

「おのれー、男のくせに軟弱《なんじやく》な。おまえみたいなヤツに、いとこどのは絶対渡《わた》せん!!」

「では、こういたしませんか」

彼は勢いよく立ち上がり、素《す》っ裸のまま浴槽《よくそう》から足を抜いた。

「麗《うるわ》しき大公殿下《でんか》を賭《か》けて、トーナメントを開くのです。わたしと陛下の選んだ人間を三人ずつトーナメント形式で戦わせ、勝ったほうがゲルトルードさまを手に入れることができる……」

アーシュレイはにっこり笑った。それは花が咲《さ》いたようにあでやかな微笑《ほほえ》みだった。

アイオリアは顎《あご》に手を当てて考え込んでいたが、

「…トーナメントか。よし、承知した!」

と、オレンジ色の両眼を、挑戦《ちようせん》的に光らせた。

「期日は追って沙汰《さた》する。逃《に》げるなよ、伯爵!」

アーシュレイが手を胸にやって会釈《えしやく》するのと、アイオリアがきびすを返すのが、ほぼ同時だった。

「待ちたまえ、ナリス」

追いかけようとしたナリスを、アーシュレイが引き留めた。ナリスはすぐに彼を非難するような表情を浮かべた。

「いったいきみはどういうつもりで――」

アーシュレイは、婉然《えんぜん》さと意地悪をまぜあわせた笑《え》みを浮《う》かべた。

「約束だよ。きみはぼくを守るためにトーナメントに出なければならない」

「なっ」

ナリスは、口を大きく楕円形《だえんけい》に開けた。

「わ、わたしは王騎士ですよ！　このわたしに、陛下を裏切れと――」

「守護聖人に誓《ちか》っただろう？　ついさっき、ぼくの目の前で」

ナリスは、何か言いかけた言葉を唾液《だえき》とともに嚥下《えんげ》した。

そう、たしかにそういうことは、した――

（だが、しかしっ）

アーシュレイは、まだ濡《ぬ》れた足をヒタヒタいわせながら彼のそばを通り過ぎ、

「きみの中の二人の神を天秤《てんびん》にかけるかい？　しかしぼくは、きみが自分の神の名にかけて誓ったことを、違《たが》えるようなやつじゃないことを知っているつもりだよ。

銀騎士、ナリス＝イングラム……」

最後の一言が、ずっしりと彼の肩《かた》を苛《さいな》む。

「なんてことだ」

ナリスは、主君の罵詈《ばり》雑言《ぞうごん》を覚悟《かくご》して、思わず空を仰《あお》いだ。

第三幕　永遠にとけない謎を

宮廷《きゅうてい》という苗床《なえどこ》に、陰謀《いんぼう》の芽が発芽するのは、なにも春に限ってのことではない。

その日、財計卿《きょう》コルネリアス＝ゴッドフロアは、高等財計院の高い尖塔《せんとう》のついた建物を出ると、いくつかの誘《さそ》いを断り、外郭《がいかく》にある自分の屋敷《やしき》へ向かった。今日は財計院で国王同席の御《ご》前《ぜん》会議が行われる日だったが、結局国王は最後まで姿を見せず、工化院から提出されていたクラリオン神殿《しんでん》の修築案を通過させるだけに止《とど》まった。たまたま回廊《かいろう》ですれちがったバイエル公に王の所在を聞くと、アイオリアは自室で愛妾《あいしょう》達が舞踏《ぶとう》会で着るドレスの見立てに忙《いそが》しいという。彼は彫《ほ》りの深い顔立ちに、一瞬《いっしゅん》あざけるような笑みを浮かべ、その場を立ち去った。王が内政をおろそかにするのはいまに始まったことではない。それよりも、産み月の間近な妻の様子が心配だった。

コルネリアスの妻アンテローデは、前グランヴィーア大公ニコラの弟、ベルガモン伯《はく》クロードの娘《むすめ》である。彼の叔母《おば》マルトレイアがニコラに嫁《とつ》いでいるから、二人は従兄妹《いとこ》同士の結婚《けっこん》であった。もっとも、近親間の結婚はたいして珍《めずら》しいことではない。彼の祖父母も従兄妹同士であったし、叔母のマルトレイアとニコラも従姉弟同士であった。純血を保ち、できるだけ血の濃《こ》い子孫を残すために、血族間の婚姻《こんいん》はあたりまえのことなのだ。

有史以来、国家というものが滅《ほろ》びるのに、外的な要因ばかりが考えられがちだが、そうではない。千年の巨木《きょぼく》も斧《おの》で切りたおそうとすれば至難の業《わざ》だが、中身が腐《くさ》っているとなれば話は別だ。コルネリアスは、パルメニアがアジェンセンの侵入《しんにゅう》をうけたのは、王家の血が薄《うす》まったせいだと考えていた。始祖オリガロッドが病没《びょうぼつ》し（と伝えられているが、彼を神格化する一部の人間には無視されている）残されたスカルディオの一族は、血の絆《きずな》によって結束を固めてきた。オリガロッドの守護であった黄星バルビザンデが、彼の血を引くすべての末裔《まつえい》に祝福を与《あた》えると約束したからである。

しかし、歴史というものは常に例外を含《ふく》む。かの隻眼王《せきがんおう》ミルドレッドは王妃《おうひ》を異国から迎《むか》え、一族との約束どおり甥《おい》のエンポリオを養子に迎えた。そのエンポリオの王妃はやはり一族の中から選ばれたが、不幸なことに十七歳の若さで病没した。その後彼は七度にわたって一族の中から王妃を選んだが、なぜか皆《みな》子を残すことなくこの世を去った。結局王位は第三夫人の子ゾルタークが継《つ》いだ。ここでまた、血が薄まったわけである。

あのとき、ミルドレッドがエシェロンの王妃に貞節《ていせつ》を尽《つ》くさず、ひとりでも愛妾を迎えていたら！……あるいはエンポリオの妃《きさき》の誰かが子を産んでいたら、このようなことにはならなかったはずなのだ。血の薄い王を玉座に迎えたがゆえに、王朝が滅びたと信じている者は少なくない。バルビザンデの恩寵《おんちょう》は、オリガロッドの子孫にのみ与えられるのであり、ゆえに王はかならずスカルディオでなければならず、血が薄まることのないよう、その伴侶《はんりょ》もまたスカルディオでなければならなかった。貴族達までもが、その恩恵《おんけい》にあずかろうと、自分の体に一《ひと》滴《しずく》でも多くスカルディオの血が流れていることを祈《いの》った。これはもう、一種の信仰《しんこう》と言えるかもしれない。

この国は特殊《とくしゅ》なのだ。コルネリアスはそう思わざるを得ない。これがほかの国であったのなら、新しい王を迎えるにあたってこれほどの反発を生まなかっただろう。しかしパルメニアは聖なる血の国であり、複数の民族、複数の言語を抱《かか》えるこの広大な領土をひとつにまとめあげるのに、血の絆なくして、ほかにどのような手段があっただろうか。

いつのまにか自分の屋敷に戻《もど》っていたようだった。冬椿《ふゆつばき》の美しい屋敷の庭では、大きな腹をしたアンテローデが、侍女《じじょ》に付き添《そ》われて日光浴を楽しんでいた。

「そんな体で外にでてもよいのか」

コルネリアスが咎《とが》めるように言うと、アンテローデはくすくすと笑った。

「お腹《なか》の子のためにも、少しは動いた方がよいとお医者さまに言われました」

「そうか」

コルネリアスはいとおしげに妻の頬《ほお》を撫《な》でた。一族の決めた結婚ではあったが、彼は自分の妻に満足していた。なんといっても彼女は大公家の血縁《けつえん》であり、自分より王位に近い人間である。二人の間に生まれた子は、あのゲルトルードよりも血の濃いスカルディオになるのだ。

侍女の一人が薬湯を持ってきた。湯気に息をかけながらゆっくりとそれを飲み干すと、アンテローデはふくよかな体をゆっくりと動かして言った。

「今日はいま都で評判の占術師を呼んで、占いをさせておりましたの」

彼女は、多くのスカルディオがそうであるように、言い伝えや占いを信じる性質《たち》だった。

「けれど、今日の占術師は失敗だったようですわ。何度占っても男の子か、女の子かわからぬと言って……」

「どちらでもよいではないか」

そう言って、彼は妻の手に小さな銀細工を握《にぎ》らせた。

「まあ、これは？」

「銀でできた葡萄《ぶどう》だ」

一つの房《ふさ》にたくさんの実のなる葡萄は、安産と子沢山《こだくさん》の象徴《しょうちょう》である。

アンテローデは、ビリジャンの瞳《ひとみ》を糸のように細めた。

「うれしい……」

「昔、これと似たようなものを夢で見たことがある。すべての生き物は葡萄の房になるという伝説どおり、そこでは蛇《へび》も虫も葡萄から生まれるのだ」

「まあ……」

「とても、美しい世界だった。いまはもう、夢に見ることはないが……」

ふと、子供っぽい表情を浮かべて、コルネリアスは言った。

昔、夢に見た異界《ヒルデグリム》には大きな樹《き》があった。太く丈夫《じょうぶ》なその枝には、透明《とうめい》な泡《あわ》がいくつも連なって葡萄の房のようになっている。いつだったか、夢の中でコルネリアスは泡の中をのぞき込んで、思わず息を飲んだ。中には小さな蛇が蜷局《とぐろ》を巻いて眠《ねむ》っていたのだ。それのすぐ下の泡には、彼が見たこともないような虫が眠っていた。不思議なことに、どれも硝子《ガラス》細工のように体に色がなかった。その中のひとつにさわろうとして、突然《とつぜん》泡がはじけ、彼は思わず手を引っ込めた。中から飛びだしたのは小鳥だった。小鳥は虹《にじ》の青の層に飛び込むと、透明な羽根を瑠《る》璃《り》色に染めて、虹の橋のかなたに吸い込まれるようにして消えた……

「青い角をした一角獣《いっかくじゅう》、ヒルデグリムの扉《とびら》、百色の虹……。わたしたちの子供も、あの虹の橋を渡《わた》ってくるのかもしれぬな。さ、外は冷える。中に入ろう」

アンテローデは頷《うなず》き、侍女に手をとられて屋敷の中へ入っていった。

妻の背中を見送りながら、コルネリアスは先程《さきほど》の思案の淵《ふち》にゆっくりと身を浸《ひた》し始めていた。

〝銀の葡萄の房から人は生まれる〟

美しい神話だった。星教《アンゲリオン》とはなんの関係もない、パルメニアに伝わる古い伝承だ。

パルメニアが星教圏《けん》である以上、星山庁《サルゴン》の国政への関与《かんよ》は免《まぬか》れない。結婚権と教育権は星山庁に委《ゆだ》ねられているし、戸籍《こせき》までも教会が管理する。権利だけではない、毎年の税のうち、二割が寄進というかたちで教会に納められる。教皇領では領主が置かれないため、税の八割もが教会の収入になる。

教会は国家に巣くう宿り木のようなものだ。十七代法皇トマス＝フェーリンゴットの巧妙《こうみょう》なやり口を、改めてコルネリアスは思った。

武装する法皇とまで言われた彼の代に、星教圏はそれまでの三倍以上にふくれあがった。彼は大国の侵入を恐《おそ》れる多数の小国に、こうもちかけたのだ。星教に改宗すれば、星教圏の大国から軍事行動を起こされることはない。なぜなら立場的に法皇は国王より上であり、法皇の承諾《しょうだく》なくして他国に攻め入ることはできないからである。

事実星教は、他宗教の神を星教の守護聖人にすることで宗教的な反発をやわらげ、古くからの民族的な例祭や慣習に、すべて星教的な意味づけをすることで黙認《もくにん》した。民衆にしてみれば、自分たちの神を描《えが》いた絵に星の絵が加えられるだけで、信仰が規制されるわけではない。むしろ、改宗によって戦争の心配がなくなったことは、大いに歓迎《かんげい》すべきであろう。

このようにして、フェーリンゴットは現在の広大な星教圏を築き上げることに成功した。パルメニアもその中に加えられ、始祖オリガロッドは第一級聖人に、シングレオも第三級聖人に認定された。それによって、パルメニアで生産される穀物の約六分の一が、寄進として教会に吸い上げられることになった。

「星教に改宗したことは間違《まちが》いだったのだ」

国旗より高い位置に翻《ひるがえ》る六芒星《ろくぼうせい》の旗を見上げながら、コルネリアスは思わずそうつぶやいていた。

パルメニアには独自の神話があり、ホルト山を中心とする古くからの信仰があった。ヘスペリアンと呼ばれる性別を持たないものたちが、神官《アロイス》として聖なる山を守っている。彼らは性別を持たないかわりに、予知や読心など不思議な力を有しているという。

真の美、真の清浄《せいじょう》とは彼らにこそあるのではないか。そうコルネリアスは考える。性別を持たない彼らは、情愛やそれにともなう肉欲などに無縁《むえん》の存在である。彼らの多くは幼いころに両親と決別し、自分の宿命が最後を知らせるまで、一生をホルト山で過ごす。地上にあるいくつかの神殿《しんでん》に勤務するものもいるが、それらの神官も市井《しせい》とは交わらず、ただ与えられた信仰の中に生きる。地上にいるからといって、権力に関《かか》わることはない。

それに対して、教会は腐敗《ふはい》していた。同じ聖職者でありながら、司祭達は平然と女を抱《だ》き、商人から賄賂《わいろ》を受け取り、甥や姪《めい》ということになっている自分の私生児に、おもちゃのように権力を与えた。どちらが人々の信仰の対象たるにふさわしいか、火を見るより明らかであった。

パルメニアは、仰《あお》ぐ旗を変えるべきなのだ。

なにか信念のように熱いものが、彼の心を大きく突《つ》き動かした。

パルメニアにとって星教は、百害あって一利もない。二割もの教会税がなくなるだけで、どれほど人民が豊かになるか。それに、パルメニアが独自の宗教を国教として独立すれば、ホークランドとの戦争にいちいち星山庁の顔色をうかがわなくてもすむ。結婚《けっこん》権・教育権を取り戻すことができれば、国家としてより強固に団結することができる。

古い信仰のもとに集結する。

そのためには、王は神の子孫、スカルディオでなければならないのだ。

（アジェンセンの王は廃《はい》すべきである）

コルネリアスは、晴れ上がった冬の空を思わせる両眼を、妻の背から王宮の方角へ移動した。

いままでにも、彼の一族はアイオリアに何度か刺客《しかく》を送っていた。侍女に毒を盛らせ、あるいは寝所《しんじょ》に毒蛇《どくじゃ》を放ち、ありとあらゆる方法をつかって彼女を亡《な》きものにしようとしてきた。

しかし、彼女は死天使《クアール》の接吻《せっぷん》を拒《こば》み続け、とうとう至尊の座に就《つ》いてしまった。王となったものを殺すことはできない。なぜなら王にはバルビザンデの守護があるからである。一族が、あのゾルタークに砒素《ひそ》を盛ることができなかったのも、バルビザンデの呪《のろ》いを恐れるが故《ゆえ》であった。迷信《めいしん》深く、そしてそういうものを信じやすい一族であった。

王を殺すことはできない。しかし退位に追い込むことはできる。一族にとって、アイオリアに子がいないのがせめてもの救いであった。アイオリアが自主的に退位すれば、ゲルトルードが王になる。そうなれば、アイオリアを殺しても、バルビザンデの呪いが一族に降りかかることはない。アイオリアは死ぬべきなのだ。二度と悲劇を繰《く》り返さぬよう、憎《にく》きアジェンセンの血を、この地上からすべて絶やしてしまわなければならぬ。

問題なのはゲルトルードだった。

彼女はアイオリアを愛するあまり、王太子《こ》になることをがんとして拒否《きょひ》していた。彼女はいまにのこるスカルディオの中で最も血が濃く、王たるにふさわしい人物である。彼女がそれを承知しない以上、スカルディオの一族は身動きがとれなかった。

しかし、それもこれまでの話だ。

アンテローデの腹の子が産まれたら、すべては一変する。彼女の赤《あか》ん坊《ぼう》は、この地上で最も濃い血を受けたスカルディオとなるのだ。一族がゲルトルードに固執《こしつ》する必要はなくなる。あとは、アイオリアがスカルディオの血を引いていないことを明らかにし、彼女を退位に追い込むだけのことだ。

　コルネリアスは、天に向かってうっとりとひとりごちた。

「あの夢に見た美しい世界を、この地上に築くのだ」

　子供のころに見た夢——スカルディオの濃い血が見せた幻惑《げんわく》の世界を、彼は忘れることができなかった。

　硝子細工のような生物のなる樹《き》や、天へと昇《のぼ》っていく水や、もろもろの幻想。

　彼にとって、かくも優美なるは夢。現実はまだ、彼の求める美より遠く隔《へだ》たって見えた——

＊

　思ったような快楽を得られぬまま、女は吐息《といき》を意図的に声に変えた。

「あっ」

　ゆっくりと腰《こし》を浮《う》かし、伸《の》び上がるようにして内股《うちまた》を閉じる。男の上にまたがった女が顎《あご》をのけぞらせた瞬間《しゅんかん》、長い髪《かみ》がぱっと花びらのように散った。そのまますとん、と腰を落とすと、男の腹の上がいっそう固くなる。

　うなだれた女の姿は、萎《しお》れた花のように美しかった。

「あっ…あっ…」

　女の規則的な吐息の後に、さらに低い声が続く。片膝《かたひざ》を立て、さらに少しだけ上体をひねって動き続けた。男の背中が自発的に浮いた。女は片手をついてそれに耐《た》え、男が息を詰《つ》めるのを聞いて、そのままあおむけにシーツの海に沈《しず》んだ。

「……オクタヴィアン」

名を呼ばれて女は振《ふ》り返った。焦《こ》げ茶《ちゃ》色の長い髪が、端正《たんせい》な彼女の顔を縁取《ふちど》っている。頰《ほお》は上気していたが、苺《いちご》色の瞳《ひとみ》は冷めていた。はたして、彼女の相手はそのことに気づかなかった。

「ああ、オクタヴィアン。ぼくの恋人《こいびと》……」

男はほっそりとした白い背中にすがりつき、上がった息を隠《かく》そうともしないで言った。

「会いたかった。きみが妊娠《にんしん》したことを知って、ぼくがどんなに心を痛めたか……」

ストッキングをはくのを邪魔《じゃま》されて、彼女はなんとなく手ぐしで髪を梳《す》いた。

この男、ジュリアン＝ベルガモンとはそう長いつきあいではない。彼はまだ十三の子供で、性を知ったのも彼女が初めてだった。

オクタヴィアンにはこれまで数多くの情人がいたし、ジュリアンはその中の一人で、決して特別な相手というわけではなかったが、いまはそう思わせる必要があった。彼はベルガモン伯《はく》クロードの長子であり、コルネリアス＝ゴッドフロアの義弟にあたる。あの公爵《こうしゃく》の身辺をさぐるのに、うってつけの存在だった。

「かわいそうなオクタヴィアン。あの国王にいいようにされて……」

「あら、なぜ?」

「決まってる。きみがあの枢機卿《すうききょう》を愛していたはずないじゃないか。

きみはきっと、国王の命令で枢機卿に近づいたんだ。アイオリアはきみを、星山庁《サルゴン》を丸め込むための道具に使った。きみは利用されたんだ」

オクタヴィアンは驚《おどろ》いてジュリアンの顔を見た。この子供の口から、そのようなことを聞くとは思わなかったからだ。

「どうして、そう思うの？」

すると、彼は急に言い惑《まど》った。

「どうしてって、…あ、義兄上《あにうえ》にそう聞いたんだ」

「…そう」

彼は誤魔化《ごまか》すように唇《くちびる》を重ねると、そのまま彼女の小さな頭を抱《かか》え込んだ。

「はやく、アンテローデ姉上が子供を産めばいい。そうしたら、その子は王家で最も血の濃い子供になる。きっと義兄上がアイオリアを廃して、その子を王位に就けるだろう。バルビザンデの宝冠《ほうかん》を、正統な血統の上に取り戻《もど》すために」

ジュリアンは、いっしょうけんめいにそう言った。

それは彼自身の考えでないことは明らかだったが（大方、彼の義兄コルネリアス＝ゴッドフロア辺りだろう）、オクタヴィアンは熱心に聞いている素振《そぶ》りをしてみせた。彼はオクタヴィアンにいいところを見せたくてしかたがないのだ。だから義兄の言うことを自分の考えのように言ってみせる。愛《いと》しい恋人の目に、自分が世知賢《せちがしこ》い大人に映るように。

オクタヴィアンはひっそりと笑った。あの秘密主義の公爵も、こんなところで己《おのれ》の内心をばらされているとは思いもすまい。

反国王側の情報が摑《つか》みにくい以上、ジュリアンにはまだ役に立ってもらわなくてはならない。そのためにも、もう少しの間、彼を恋に惑わせておく必要があった。オクタヴィアンは、この年《とし》ごろの若者は、性の快楽に弱いことを知っていた。彼らの中の若い猛獣《もうじゅう》は、時として彼ら自身をも喰《く》らい尽《つ》くす。彼女の愛撫《あいぶ》を以《も》ってすれば、この若者に無謀《むぼう》を勇気だと思わせ、軽慮《けいりょ》を決断だと信じ込ませることなどたやすいものだ。

オクタヴィアンは、わざとぼんやりを装《よそお》って言った。

「正統な、血統って……？」

「あのアイオリアの父親は、旧王家の血を引いていないんだ。前王の戴冠式《たいかんしき》に出たことのある父上がおっしゃっていた。イグナシオがバルビザンデの宝冠をかぶったとたん、バルビザンデは急に光らなくなったたって」

「……そう……」

その話は彼女も聞いたことがあった。スカルディオ王朝を滅《ほろ》ぼしたルシード＝ミリ＝アジェンセン。その息子《むすこ》イグナシオは、一族のすすめるままにゴッドフロア公爵家から王妃《おうひ》を迎《むか》えた。旧王家と新王家の融合《ゆうごう》のための政略結婚であった。結婚当初、ふたりの仲はむつまじく、その間に生まれた王女が王位を継《つ》ぐころには、二つの王家の軋轢《あつれき》はなくなっているものと誰《だれ》もが信じた。

しかし、ルシードの死によって事態は急変した。古来からの慣習に則《のっと》った戴冠式が行われ、イグナシオはローランド大司教の手によって王冠《おうかん》をかぶせられた。事件はそのとき起こった。宝冠に嵌《は》め込まれたダイヤモンド、この王国の守護たるバルビザンデが、急に光を失ったのである。

星石の精霊《せいれい》は自ら持ち手を選ぶ。バルビザンデはイグナシオを認めなかった。それは彼の中に、スカルディオの血が一滴《ひとしずく》も混じっていなかったからに他《ほか》ならない。

その日を境に国王夫妻は急に不仲になり、王は別に愛妾《あいしょう》を作った。王妃エルデゾイルが一人《ひとり》娘《むすめ》に虐待《ぎゃくたい》を加えるようになったので、王女は後見人であるヒルデブラント侯爵家《こうしゃくけ》に預けられることになった。

不思議なことにそのバルビザンデは、八年前のある日、突然《とつぜん》姿を消してしまった。現在王冠に嵌められているのは、代わりに用意されたダイヤモンドで、それなりに立派ではあるものの輝《かがや》きの点でバルビザンデに遠く及《およ》ばない。

「……それで？」

彼女はできるだけ無関心を装いながら、続きを促《うなが》した。

「なんでも、イグナシオ王の母君が偽者《にせもの》だったらしいんだ。名をメリルローズといってね。アジェンセンに嫁《とつ》がせるのをいやがった父王が、そっくりな女を探《さが》し出して、代わりにその女をアジェンセンに行かせたらしい。その女はアンティヨールの娼婦《しょうふ》だったって」

「ふ…うん」

アンティヨールは下層地区最大の娼婦街である。シャングリオンなどの高級娼館が並ぶ夏天《アジャンチ》使通りとは違《ちが》い、本当に貧しい家の娘達が、生活のために体を売るところだった。

オクタヴィアンは驚いた表情をかくすために、寝台《しんだい》の上で大きく寝返《ねがえ》りをうった。

「では、もし陛下がバルビザンデの宝冠をかぶられたら、やはりそれは光らないのかしら…？」

「あたりまえだよ！」

ジュリアンはムキになって言った。

「アイオリアは旧王家の血を引いていないんだぜ？」

「……そうね」

「たとえ引いているとしても、ほんの少しだ。血の濃《こ》さではゲルトルードさまにかなわない。義兄上はいま、必死になってバルビザンデの行方《ゆくえ》を探させているけれど、どうかな。星石の精霊はきまぐれで、自ら選んだ主人の元へ行くというから。どっちにしろ、いまアイオリアの手元にないということがなによりの証拠《しょうこ》だよ」

オクタヴィアンは、今度こそストッキングをはき終わると、腿《もも》の半ば辺りで宝石のついたガーターでとめ、上着を羽織った。そこは彼女の寝室《しんしつ》ではあったが、彼女には急に用ができた。

「ゆっくりしていってね。ジュリアン」

オクタヴィアンは、まだ名残惜《なごりお》しそうな少年の額に口づけると、部屋を後にした。彼女はジュリアンとの関係の終わりをもう決めていた。筋書きはこうだ。彼は父親に自分と結婚《けっこん》したいと申し出る。当然父ベルガモン伯は反対するだろう。ベルガモン伯は反国王派の急先鋒《きゅうせんぽう》で、あのコルネリアス＝ゴッドフロアの義理の父だ。もしアンテローデの子が国王になれば、彼は国王の外祖父ということになる。現国王の愛妾であり、すでに三人の子持ちの自分を、ベルガモン伯夫人として迎える気はあるまい。おそらくジュリアンは謹慎《きんしん》、もしくは外国に留学させられる。

彼は人目を忍《しの》んで自分に会いに来る。そのときに、たった一言こう告げればいい。お父上のお許しをいただくまでもない、貴方《あなた》自身がベルガモン伯になれば――と。

あるいは、とオクタヴィアンは考える。彼女には、ジュリアンと同じように恋を仕掛《しか》けている情人があと二人いた。いずれも反国王派の子弟であり、必要とあれば彼ら三人を決闘《けっとう》させ、相討《あいう》ちにさせてもいい。

オクタヴィアンは、いたずらを思いついた子供のように微笑《ほほえ》んで、ふと、足を止めた。

彼女の足元に、別の影《かげ》が落ちていた。

「これはこれは姉上……」

彼女を姉上と呼んだその声は、彼女の弟ロレンツォ＝グリンディのものだった。

彼は、オクタヴィアンの首にいくつもの口づけの跡《あと》を見つけると、露骨《ろこつ》に顔をしかめた。

「自分の子供がまだ乳離《ちばな》れもしないうちから、情人を招き入れるとは、あいかわらずふしだらな方だな」

彼女はちょっと笑って、それから弟の顔を懐《なつ》かしむように見た。

オクタヴィアンの母親は、グリンディ侯爵と結婚しながら、外に愛人を作った。母親はスカルディオの血を引く名門の生まれで、明らかに格下である夫との結婚に不満を持っていた。オクタヴィアンはおそらく、その愛人との子供である。そして、夫もそんな妻に愛想を尽かし、愛人を持った。弟はおそらくその愛人との子供である。おそらくというのは、当人同士が外面を気にするあまり、そのことを誰にも秘密にしていたからである。そして両人とも、秘密を明かすことなくこの世を去った。後には、本当に姉弟《きょうだい》なのかわからない男女と、永遠にとけない謎《なぞ》だけが残った。

「ローリー」

と、彼女は弟を親しげに呼んだ。

「ジュリアンは、まだしばらく寝ていると思うから、起こさないであげてね」

ロレンツォは眉《まゆ》をキュッと寄せると、感情を押しつぶしたような表情を作った。

「坊主《ぼうず》との間に子供まで作っておきながら、次は十三歳の子供ですか。

姉上、貴女《あなた》はたしかに、あの女の娘だ。銀髪《ぎんぱつ》の子供が欲しいというだけで、次々にスカルディオの男と寝た、あの淫乱《いんらん》な女の——！」

オクタヴィアンはうっとりと笑った。なぜだか弟の声はどのような音楽よりも心地《ここち》いいのだ。

彼女はちょっと首を傾《かし》げて言った。

「そうね。……だから、わたしたちは放《ほう》っておかれた。わたしは母のお気に召《め》すような外見ではなかったし、貴方は貴方で、父が母への当てつけに抱《だ》いた女の子供だし……」

一瞬《いっしゅん》、弟が泣きそうな顔をしたのを、オクタヴィアンは見のがさなかった。

彼女は肩《かた》に羽織ったテュレフを胸の前にかき集めた。

「いいんじゃなくて？　べつに珍《めずら》しいことでもないでしょう。どこの家でだってやっていることよ。みんなすこしでも血の濃い子が欲しい。だからてっとりばやく血縁《けつえん》同士で結婚するの。フロレルを知ってる？　彼女はかわいそうね。両親の血が濃すぎたせいで、あんな体になってしまって……」

オクタヴィアンは、弟の、自分と似ていないところだけをいくらでもあげることができた。珍しい深緑色の髪《かみ》や、うす茶色の瞳《ひとみ》や、すこし広い額や、切れ上がった三白眼。

弟が、自分と似ていないことを確認《かくにん》するたび、彼女は甘やかな喜びに震《ふる》えた。

「それにね、男と女の仲なんて、わからないものよ。あのお父さまですら、本当はお母さまを愛していらしたんですもの。私たちが血がつながっている可能性だって、無くはないのよ。いったいあのお二人は本当に同衾《どうきん》なさったのかしらね」

ロレンツォは、憎《にく》しみのこもった目で彼女を凝視《ぎょうし》した。

「父が貴女の母を愛していたはずがない。父は貴女の母に裏切られたのだから」

「……そうかしら」

「アスランがかわいそうだ」

彼は、オクタヴィアンの一番上の息子の名前を口にした。

「貴女のそのふしだらのせいで、あの子は自分の父親の名前すら知らないんですよ！　もし、自分の母親のいまの愛人が、自分と同い年の少年だと知ったら――」

「あら、もう知ってるわ」

なんでもないように、彼女は笑った。

「時々、アヴァロン伯夫人《はく》のサロンで顔を合わせるそうよ。あのふたりが一緒《いっしょ》にいるところ、一度見てみたい気もするわね」

「貴女という人は——！」

吐《は》き気《け》を堪《こら》えるような顔つきで、ロレンツォは言った。

「軽蔑《けいべつ》しますよ、姉上」

オクタヴィアンは、ただ笑っただけだった。ほつれ毛を揺《ゆ》らして、影のように彼の横を通り過ぎた。

ロレンツォがじっと見ているのが、気配でわかった。

第四幕　胸の宝石箱

闇《やみ》の向こうに異界《ヒルデグリム》がある。

子供のころによく見た夢だ。死天使《クアール》が黒いラッパを吹《ふ》き鳴らすと、異界の扉《とびら》が開かれ、何千という戦車が中から飛び出してゆく。闇に浮《う》かぶ三日月は死神の鎌《かま》、夜は彼らの狩《か》りの時間だ。

幼いゲルトルードにとっても、夜は恐《おそ》ろしい時間だった。昼間は止まっていた咳《せき》が、夜になるとたんにぶり返すのだ。彼女は少しでも冷たい場所をもとめて、火照《ほて》った頬《ほお》をシーッに押しつけた。

(痛いよう……苦しいよう……、助けて、おばあさま、おばあさま……)

ゲルトルードには、両親がいない。

父親のニコラ大公はゲルトルードがまだ幼いころに亡《な》くなった。もともと体の弱い人だったと聞いている。母親のマルトレイアは、愛する夫を失ったことで、心の正常を保つことができなくなった。自分が産んだ子供のことも忘れて、母は毎日夫の棺《ひつぎ》の前で泣き暮らした。ほどなく、彼女もこの世を去った。軟禁《なんきん》も同然だった部屋で、夫から貰《もら》ったスカーフで首を吊《つ》った。

葬《ほうむ》られるとき、すでに白骨化した夫の遺体に寄り添《そ》って、彼女は、棺の蓋《ふた》を閉じる瞬間《しゅんかん》まで幸せそうに微笑んでいた。

母親が最後まで、娘《むすめ》の名前を呼ぶことはなかった。

一族の多くがそうであるように、ゲルトルードは極端《きょくたん》に体の弱い子供だった。熱のために唇《くちびる》はいつも乾《かわ》いてひび割れ、咳き込むたびに、胸の真ん中にクイを打ち込まれたような激痛が走った。その苦しみから逃《のが》れようと、ゲルトルードは狭《せま》い天蓋《てんがい》の中でのたうち回った。

(どうして……)

咳の嵐《あらし》が去った後、彼女は寝台《しんだい》の真ん中に、うち上げられた魚のようにぐったりとしていた。

(どうして、こんなにも苦しまなくてはならない……?)

「!」

はっと息を飲む。突然《とつぜん》なんの予告もなしに明けた闇に、ゲルトルードは軽い眩暈《めまい》を覚えた。

見ると、羽ペンの先のインクがすっかり乾いている。

どうやらうたた寝をしていたようだった。

「夢、か……」

ふと、誰《だれ》かに呼ばれた気がして、ゲルトルードは窓の外のバルコニーを振《ふ》り返った。風に乗って部屋に入ってきたのは、庭のダンコウバイの匂《にお》いだった。彼女は羽ペンをインク壺《つぼ》に戻《もど》すと、立ち上がってバルコニーに出た。

簾《すだれ》のように花をつけるハチジョウキブシ、庭いっぱいに広がったダンコウバイの黄色。いまの季節の王宮は黄色い花の真っ盛《さか》りで、これがあともう少しすれば白い色に変わる。茂《しげ》みにはノイバラが花を咲《さ》かせ、ニセアカシアの花には、蜜《みつ》にひかれてやってきたミツバチが重く垂れ下がるだろう。

そうしていると、いまにもアイオリアがひょっこり顔をだしそうで、ゲルトルードは思わず笑《え》みを洩《も》らした。

「……何度言っても、聞かぬのだからな」

たしか初めて会ったときも、彼女はそのバルコニーをよじ登ってやってきたのだった。

季節は深い春。雪のように白いエゴノキがバルコニーいっぱいに花を咲かせる中で、彼女の黒髪《くろかみ》は濡《ぬ》れそぼったように映《は》えて美しかった。

『ああ、やっと会えた！』

そう言って、彼女は唐突《とうとつ》にゲルトルードの前に姿を現した。それはあまりにも突然のことで、ゲルトルードは突風《とっぷう》を顔に受けたような衝撃《しょうげき》を受けた。

アイオリアが寝台に近づくと、ふわりと花の匂いがした。

『ああ、ほんとうに綺麗《きれい》。いとこどのはとても綺麗ね』

視線が合うと、こぼれそうなオレンジ色の瞳に、自分の顔がさかさまに映った。

『ほんとうに、銀をつむいだような髪をしているのね。それから、すみれ色の綺麗な目。いとこどのはまるで水晶《すいしょう》でできたお人形さんのようね。

オリエのおかあさまも、いとこどのとおんなじなのよ。いいなあ……』

アイオリアは目を細めて、ほうっと溜《た》め息《いき》をついた。

ゲルトルードは放心していた。初めて会う従妹《いとこ》の髪は、祖母や叔母《おば》が口汚《くちぎたな》くののしるような不吉《ふきつ》な色ではなかった。むしろその髪は葡萄《ぶどう》色にちかく、長いまつげに縁取《ふちど》られた両目は、分厚いカーテンの隙間《すきま》から流れ込む、朝の光のようにまぶしかった。

ゲルトルードは、自分の貧弱な体がはずかしくなった。自分はこの天蓋から出ることさえかなわぬのに、彼女はつい先程《さきほど》まで、蝶《ちょう》のように花園《はなぞの》を飛び回っていたのだ。

どうして、こんなにも違《ちが》うのだろう。ゲルトルードは、うつむいてキュッと下唇《したくちびる》を噛《か》んだ。

（おなじ、いとこ同士なのに……）

アイオリアは、興味津々《きょうみしんしん》といった顔でゲルトルードを見つめていたが、ふいに何かを思いだしたように、

『いとこどの、手を出して。いいものをあげる』

おずおずと手を差し出すと、アイオリアは、コタルディの袖《そで》の中から、木の実や草を取りだした。びっくりするゲルトルードを後目《しりめ》に、

『これを食べて、はやく元気にならなくっちゃあ。

元気になったら、いっしょにあそびましょうね！』

ほとんど一方的にしゃべって、彼女は部屋に迷い込んだツバメのように、バルコニーから出ていってしまった。

手の中に残された山盛りの草を見て、ゲルトルードは呆然《ぼうぜん》とした。いったいこれをどうしろというのだろうか。このわたしに食べろと？　どこに生えていたのか、なんという草なのか、

食べられるかどうかすら、わからないのに？

『くっ……』

腹からこみ上げてくる笑いに、思わず吹き出した。吹き出しついでに、せっかくだからと草をつまんで口に入れた。それはイカリソウという薬草で、噛むとほんのり舌先がしびれた。

『まあ、ゲルトルードさま！』

入ってきた女官《にょかん》が、野草を口に入れている彼女を見つけて仰天《ぎょうてん》した。

『いけません、そんなものを口になさっては！』

女官はすっかりぬるくなった布を絞《しぼ》りなおすと、ゲルトルードの額にのせた。

『いったいどこで手に入れられたのですか？』

『……旅のツバメに、もらったのだ』

ゲルトルードはくすくすと笑った。生まれて初めてついた嘘《うそ》に、くすぐったいような喜びを感じた。昨日と同じように過ぎると思っていた今日が、かけがえのない日になったのだ。それは長い間、彼女が待ち望んでいた変化だった。

不思議なことに、その晩は咳が出なかった。

春には花びらの上着を、冬には真っ白い帽子《ぼうし》を被《かぶ》って、アイオリアは毎日のようにゲルトルードの部屋を訪《おとず》れた。白詰草《しろつめくさ》の花冠《かかん》や、妖精《ようせい》の家のようなきのこは、外に出たことのないゲルトルードには物珍《ものめずら》しく、いたずら好きのアイオリアは、時にはバッタを捕《つか》まえてきて、寝《ね》ているゲルトルードを驚《おどろ》かせた。

『いとこどのはきれいね』

風立ち上る午後に、あるいは雨の匂いのする夕べに、シーツの上に頬杖《ほおづえ》をついて、いつもそう言った。

『オリエも、いとこどのみたいなきれいな銀髪《ぎんぱつ》がよかった。そうしたら、おかあさまは喜んでくださったかしら。オリエをかわいがってくださったかしら』

それから、眠《ねむ》そうにうとうとと目を泳がせて、

『おかあさまはね、オリエに会ってくださらないの。悪魔《あくま》のような子はいらないのですって。だからオリエはじいの屋敷《やしき》にいるの。ここからじいの屋敷はとても遠いの。お屋敷に戻ったら、いとこどのと会えなくなってしまう……』

泣きながら眠ってしまった従妹《いとこ》を胸に抱《だ》いて、ゲルトルードは考えていた。

(わたくしは美しくなんかない。この天蓋から一歩も出られず、毎夜死天使《クアール》のラッパに怯《おび》え、ひたすらに夜が明けるのを待つしかないこの体に、いったいどれほどの価値があるというのか。

美しいというならそなただ、アイオリア。わたくしはそなたのように生まれたかった。銀の髪《かみ》もすみれ色の瞳《ひとみ》もいらぬ。ただ、そなたのように健康でさえいられたら、わたくしはほかになにも望まなかった……)

なにも……

——琥珀《こはく》色の記憶《きおく》を胸の宝石箱にしまって、ゲルトルードは部屋に戻った。

クッションを敷《し》き詰《つ》めた椅子《いす》に座り、目を通していた書類に再び視線を落とす。それは、こ

こ数十年間の王族の出生記録だった。

その記録に目を通すうち、ゲルトルードはあることに気づいた。継承権《けいしょうけん》の発生は、現国王を中心とする七親等までと王規に定められている。現時点ではグランヴィーア家・ゴッドフロア家をはじめとする、二十三もの家族が含《ふく》まれているにも拘《かか》わらず、王位継承権を持つ人間はたった七名しかいないのだ。

これが意味するところは、いったいなにか。

鈴《すず》が鳴った。彼女付きの女官のオーロラが来客を告げた。ゲルトルードは短く頷《うなず》いて、部屋の中に入れるように促《うなが》した。

「先触《さきぶ》れも出さずにご無礼いたしましたわ。大公殿下《でんか》」

床《ゆか》の上を滑《すべ》るようにして現れたのは、国王の第一夫人、オクタヴィアン＝グリンディ侯爵《こうしゃく》夫人であった。

ゲルトルードは彼女の姿をみとめると、紙の上に重しを置いて、長椅子《ながいす》の方へ身を移した。

「いい薫《かお》りがしますわ、殿下。ドラゴンの角ですわね」

ゲルトルードが焚《た》いている香《こう》は、南方産のヤマユリの一種で、球根から二股《ふたまた》に芽が出るのが角に似ているため、ドラゴンの角と言われる。

オクタヴィアンは、オーロラの運んできた薔薇《ばら》水に口を付けた。

「それで、もう片方の角は、いまどちらへ？」

現在パルメニアの王旗は、十字の剣《けん》に竜《りゅう》がからみついた意匠《いしょう》がなされている。竜――ドラゴンは古代において最強の生物といわれ、紋章《もんしょう》などのデザインに使われることも多いが、意外な弱点もあった。彼らは、角が折れるとあっというまに死んでしまうのである。

外征《がいせい》のアイオリア、内政のゲルトルード。この二人のどちらかが欠けても国は成り立たない。そういう意味を込《こ》めて、人々は国の要《かなめ》である二人を、ドラゴンの角になぞらえているのだった。

「さて、この城内にいないことは確かだな」

ゲルトルードは長い前髪《まえがみ》を指で梳《す》くようにした。

「大公殿下が結婚《けっこん》されると聞いて、花園は上を下への大騒《おおさわ》ぎですわ。ま、もっとも、大騒ぎしていらっしゃるのは、わたくしたちだけではありませんけれど」

と言って、オクタヴィアンは苺《いちご》色の両眼をいたずらっぽくきらめかせた。

「しかも相手があのロゼッティとあっては、まずはご一族が黙《だま》ってはおられますまい」

「そうでもない」

「あら、なぜ？」

「もうすぐ、アンテローデが子を産むだろう」

オクタヴィアンは、失念していた、というふうに額を軽く押さえた。

「ああ、ゴッドフロア家の……」

「その子が産まれれば、あえてわたくしを担《かつ》ぎ出す必要はなくなる。コルネリアスも、わたくしのような頑固《がんこ》者より歯の生えそろわぬ乳児のほうが、いろいろと都合がよかろう」

「それで、よろしいんですの？」

「……うん？」

「侯爵のお子さまを、無事に産ませてよろしいんですの？」

赤と紫《むらさき》の視線が、大理石のテーブルの上で交錯《こうさく》した。

……先に視線を外したのはゲルトルードの方だった。

「もし、いまアンテローデになにかあれば、コルネリアスはアイオリアを犯人に仕立て上げるだろう。あるいは、なにかなくとも……」

ゲルトルードはスカートの中で足を組み直した。

「コルネリアスは、ある目的のためならどんな非情なこともやってのける男だ。いま、アンテローデの腹の中にいる子供が死んでも、彼は傷つかない。それをアイオリアのせいにしてあれを廃位《はいい》に追い込み、子供はまた作ればいいからだ。それがわかっているだけに、我々は手出しできない」

「では傍観《ぼうかん》なさるのですか？」

「できるだけの手は打った」

簡潔に、ゲルトルードは言いきった。

「一番恐《おそ》ろしいのは、ミルザとコルネリアスが手を結ぶことだ。コルネリアスにはまとまった兵力がない。当然、ホークランド側となんらかの密約を交《か》わしていることも考えられる。だが、それは履行《りこう》されないだろう」

オクタヴィアンは背もたれから上体を起こし、内緒話《ないしょばなし》をするように言った。

「麗《うるわ》しき予言者の、その自信の理由をお聞かせ願いたいですわ」

ゲルトルードは、彼女にしてはごく機嫌《きげん》のいい表情を作った。

「予言者などというものは、あまり口数が多くないほうがありがたがられるのだがな。

……まあいい、ことの発端《ほったん》は、先月の財計会議だ」

言って、ゲルトルードは静かに語り出した。

＊

パルメニアの中枢《ちゅうすう》において、反国王派の勢力が強いといわれるのには、いくつかの理由がある。その最たるものは、財計卿《きょう》であるコルネリアス＝ゴッドフロアの存在だった。

現在パルメニアの施政《しせい》は、司法・財計・工化の三院、宰相《さいしょう》・州事、星教《アンゲリオン》の三府に国王の直属機関を加えた四院四府で構成され、それぞれの各機関であげられた予算は、すべて財計院を通るしくみになっている。つまりどのような政策も、財計院の裁可なしには施行《しこう》できないようになっているのだ。

アイオリアがいかなる改革を行おうとしても、財計院がそれを阻《はば》む。登極まもないころのアイオリアは、この財計院の頑健《がんけん》さに手を焼いた。なぜなら、財計院は旧王族を中心とする反国王派の巣窟《そうくつ》であり、そのほとんどの要職は旧王族に独占《どくせん》されていた。彼らは、新王家出身のアイオリアを快く思っていなかったのである。

財計院を通さずにいかにして軍を増強できるか、アイオリアは苦心を重ねた。あたらしい予算を作らせようと思えば面倒《めんどう》だが、ようは、既存《きそん》の法律をそのまま利用すればいい。幸い、収税方法の変更《へんこう》は宰相府の管轄《かんかつ》である。

アイオリアの代になるまで、パルメニアには正規軍というものは存在せず、兵役は地方から納められる人頭税のうちのひとつだった。アイオリアはこれを金銭で納めるようにさせ、集まった金を軍隊の運営資金に回したのである。もちろん、兵士はべつに募《つの》った。いままで兵役は二年と決められていて、しかも戦闘《せんとう》が終われば自然解散したので、兵の質はなかなか向上しなかった。だが、強い軍隊を作るためには、常に兵士に訓練を施《ほどこ》し、一度でも多くの戦闘経験を積ませることが肝要《かんよう》である。財計院を完全に無視するかたちで、正規軍は設立された。反国王派はますます反感を募らせたが、アイオリアは改革の手を緩《ゆる》めなかった。

先月、財計院に提出された七つの予算のうち、裁可されたのはクラリオン神殿《しんでん》の修築案だけだった。アイオリアへの反感を強めていた反国王派らは、してやったりとほくそ笑《え》んだのだが、これは完全な思い違《ちが》いであった。そもそもアイオリアの目的は、そのクラリオン神殿の修築案を通すことで、提出されたほかの六案は完全なカモフラージュだったのである。彼女は、反国王派らが、星教を否定し、パルメニアをホルト山中心の宗教国家にしようと考えているのを知っていた。神殿の修築案なら容易に通過すると考えたのである。

ともあれ、神殿は二〇〇年ぶりに修築されることになり、木材と彫刻《ちょうこく》に適した石灰岩がエドリアから大量に輸入された。

その中で、エドリアの商人達は、妙《みよう》な噂《うわさ》を聞きつけた。なぜこの時期に神殿の修築をするのか。そもそもパルメニアはホークランドとの戦費がかさむ一方であり、神殿の修築に回す余財があるとも思えないのである。

彼らはこう考えた。もしや、パルメニアは星山庁《サルゴン》からの独立を図るつもりではないか、国政の中心にいる旧王族達は、ホルト山を崇拝《すうはい》し、星教に否定的であると聞いている。そういえば、先だってパルメニアを訪《おとず》れた調停使、アドリアン＝ハーシィローレンは元ホルト山の神官《アロイス》である。彼は調停使でありながら、さしたる釘《くぎ》も刺《さ》さずに星山庁へ戻《もど》った。もし、パルメニアが星教圏《けん》からの脱却《だっきゃく》を考えているとすれば、枢機卿《すうききよう》と彼らとの間に、なんらかの密約が交わされた可能性がある。たとえば、星教から独立したあかつきには、彼を大神官《アルシオネ》として迎《むか》えるといったような……。

この噂はまことしやかにささやかれ、これを耳にした星山庁は、慌《あわ》ててホークランドにパルメニアに余計な手出しをしないよう圧力をかけた。

リンダーホーフの陥落《かんらく》により勢いづいていたホークランド軍は、星山庁からの思わぬ冷や水に猛反発《もうはんぱつ》した。

「なぜ、パルメニアを攻《せ》めないのですか！」

そう声高《こわだか》に主張したのは、先の二門の乱の功労者、ミルザ＝バルバロッサ＝ローメンワイザーだった。

「パルメニアの内部では、国王に反発する旧王族たちが日に日に不満を募らせています。ゴッドフロア公爵《こうしゃく》に子が産まれれば、彼らはその子を擁《よう》して実力行使に出るでしょう。そのとき、アイオリア王直属の正規軍を抑《おさ》えるだけの兵力を、彼らは我々に期待しています。そこをうまく利用すればいい」

ミルザは机を叩《たた》いて言った。

「ローランドまでの長い道のりを、彼らがわざわざ舗装《ほそう》してくれると言っているのです。いまさらなにを躊躇《ためら》われるのですか！」

「まあまあ、そう熱くなられるな」

のんびりとした口調で口を挟《はさ》んだのは、ホークランドの宮宰《きゅうさい》アントナン＝ガレだった。

「そう功を焦《あせ》らずともよいではないか。将軍はもうりっぱに功績を残されておる」

まるで、もう用無しといわんばかりの口調だった。

ミルザの炭のように真っ黒な両眼に、かすかに火がついた。

「……功を焦っているわけではありません」

「どうかな、将軍はご自分の復讐心《ふくしゅうしん》にとらわれるあまり、大局を見誤っておられるようだ。仮に、その反国王派についたところで、その後はどうなる？　パルメニアは抱《かか》え込んでいた火種を始末して、新しい王の下に結束する。みすみす、敵を強固にするだけではないか」

何か言いかけようとするミルザを遮《さえぎ》って、

「それに、あの反国王派とやらは、星山庁からの独立を考えておるそうな。そんな背信的な輩《やから》に手を貸して、星山庁との関係に亀裂《きれつ》が生じてはかなわぬ。いまのパルメニアに口出しするは、火中の栗《くり》を拾うようなもの。ここは黙《だま》って傍観するがよかろう」

同席していた諸侯《しょこう》らも揃《そろ》ってガレに賛同した。彼らはミルザの武勲《ぶくん》がこれ以上強大になることを恐れていた。彼は来月、皇帝《こうてい》の娘《むすめ》であるアンナ＝フランシアと結婚《けっこん》する。ホークランドでの王位継承権《けいしょうけん》はないものの、彼自身はあの広大なシレジアの継承権を持つ身でもある。十分に注意すべき存在だった。

なおも主張しようとするミルザを、ガレは厳しい目線で思いとどまらせた。

「これ以上は議論の必要を認めぬ。

…まったく、それほどここの水があわぬのなら、おひとりで嘆《なげ》きの盾《たて》を越《こ》えられるがよかろう。居候《いそうろう》の身で、その上借金を申し込もうとは、はてさてどこまでずうずうしい…」

「いつのまにか、借家を我が家とかん違いしておられるのではないかな？」

「実家は元妻に居座られて帰るに帰られぬ、と……」

「さよう、さよう」

貴族達はどっと笑った。

その後、議題は来月行われる園遊会のことに移り、ミルザはそれ以上椅子《いす》を温め続ける気もなかったので、席を立った。

部屋の外では、彼の副官ユーリー＝ロドリゲス＝ランプトンが控《ひか》えていた。

「あの、欲の皮の厚い古狸《ふるだぬき》どもめが！」

ミルザは石の壁《かべ》を拳《こぶし》で殴《なぐ》った。

「なんのために、冬が来る前に北の門を落としたと思っている！　こうなることがわかっていたからだ。パルメニアで内乱が起これば、すぐに兵を動かせるように万全《ばんぜん》の準備を整えておいたのに、それを引き上げろとはなんという愚《おろ》かさだ」

彼らしからぬ苛烈《かれつ》さで味方を罵《ののし》ったあと、彼は、副官の沈黙《ちんもく》に諭《さと》されるように表情を改めた。

「ユーリ、おまえに傷を負わせてまでもぎ取った勝利だったのだがな」

ユーリーは、気にしないというように首を振《ふ》った。先の乱において別働隊を指揮し、兵の大半を水に沈《しず》めて敗走した彼であった。

「傷はいつか治ります。それに私のほうこそ、お預かりした兵を失い、おめおめと生き延びてしまいました……」

「北の門は落ちたのだ。どちらかがとれれば二つは不要だ。もう考えるな。俺たちは生き延びて償《つぐな》うことを覚えたはずだ」

かつてシレジアの動乱のとき、焼け落ちたリデルセンの王宮から逃《に》げおおせたのは彼らふたりだけだった。

ミルザはユーリーを伴《ともな》って、皇太子であるライオネルの元を訪れた。皇太子は先日から体調を崩《くず》しており、本日の会議の結果を報告するように言われていたのである。

「そうか、やはりな」

と、ライオネルは短く言った。

「俺が行ってもはたして結果は同じだっただろう。ミルザ、おまえは少々目立ちすぎる。あのお堅《かた》いフランシアが入れ込むくらいにはな」

彼は冗談《じょうだん》ぽく言って、肩《かた》に掛《か》けていたケープを羽織りなおした。

「ガレは父王の腹心だ。宮廷《きゅうてい》内でのあからさまな対立は避《さ》けた方がいい。おまえがフランシアと正式に結婚すれば、向こうもそれなりに敬意を払《はら》うだろう。いずれ俺もやつの娘を娶《めと》ることになるだろうが……」

言って、少し咳《せ》き込んだ。

「いまはお体を大事になさってください」

ミルザは立ち上がった。女官《にょかん》に毛布をかぶせてもらいながら、ライオネルは言った。

「出兵がなくなったのなら、妹は喜ぶだろう。行って、顔を見せてやれ」

「はい」

隙間《すきま》風をふせぐために、ビロードの布を張った扉《とびら》が閉まると、ミルザはほっと息をついた。

「殿《でん》……、いえ、ミルザさま」

ユーリーは急いで言い直した。ミルザの侍従《じじゅう》だった彼は、今でも気を抜《ぬ》くと、彼を殿下と呼んでしまうのだった。

「どうした、ユーリ」

「やはり、フランシアさまとご結婚されるのですか？」

ミルザは、改めて乳兄弟《ちきょうだい》の顔を見つめた。彼がなにを言わんとしているのかは、問うまでもなかった。

「……なぜ、そんなことを聞く」

「後悔《こうかい》なさいませんか？」

ミルザは、笑い捨てようとして失敗した。作りかけの笑顔《えがお》がはげ落ちて、あとに途方《とほう》に暮れたような表情が残った。

「後悔など……」

「まだ、忘れておられないのではないですか、あの方を——」

「馬鹿《ばか》な」

彼は表情を変えるために、せわしなく瞬《まばた》きをした。

「ユーリ。おまえはあのときそばにいたはずだろう。俺はあのひとを殺そうとしていた。たしかにこの手で、あのひとの息の根を止めるつもりだった！」

ミルザは、拳を強く握《にぎ》ってみせた。

七年前のシレジア陥落の日、この手の中で、少女はゆっくりと息を詰《つ》めていったのだ。彼女は抵抗《ていこう》しなかった。薄《うす》く開いた唇《くちびる》からほそい唾液《だえき》が流れ、一度も瞬きをせず、放心したように彼を見つめていた。キリリと骨の軋《きし》む音がして、唾液に細かい泡《あわ》が混じった。あともう少しで、彼女はこときれるはずだった。

遠くで死天使《クアール》のラッパを彼は聞いた。もはや炎《ほのお》は王宮の天井《てんじょう》を舐《な》め尽《つ》くし、大理石の柱を炭に変えんとする勢いだった。まさにそのとき、火のついた柱が倒《たお》れてきて、ミルザは少女をつき飛ばした。粉塵《ふんじん》の向こうで、ユーリーが彼を呼ぶ声が聞こえた。一度だけ彼は振《ふ》り返った。

柱の向こうで、少女が動いた様子はなかった。

「この手で殺したのだ。一度……」

ミルザは片手で額を摑《つか》むようにした。

あの聖誕祭の夜、アイオリアの首に手をかけたとき、ミルザは彼女があのときとまったく同じ顔をしていることに気づいた。彼女はやはり抵抗しなかった。ゆっくりと息を詰めながら、どこかうれしそうに彼を見つめた。

顔を近づけると、口づけるように、温かい息が唇にかかった。ミルザは心が眩《くら》むのを感じた。いまここに、過去をしまい込める鉄の箱があったら、なにもかも取り戻《もど》せるような気がした。

(いや……)

ミルザは、思い出の天使が額においた手を振り払った。

幾年《いくとせ》が過ぎ、人が去ってゆくことを昨日と呼ぶ。六年もの間、彼は罪悪感から抜け出せないでいた。自分だけ生き延びてしまったという思いが、天蓋《てんがい》のように覆《おお》い被《かぶ》さって、彼の上に濃《こ》い闇《やみ》を作り出していた。

前へ進むために、憎《にく》しみが必要だった。

そして、これからも……

「いまさら……」

ミルザはわざと声を立てて嗤《わら》った。いくつもの想《おも》いが浮《う》かんでは泡沫《あわ》のように消えて、彼の寂寥感《せきりょうかん》をいっそう駆《か》り立てた。

*

「……と、いうわけだ。星山庁との関係を大事にしたいホークランドは、パルメニアに干渉《かんしょう》するなという、星山庁からの申し入れを突《つ》っぱねるわけにはいかない。たといミルザが侵攻《しんこう》侵攻《しんこう》と騒《さわ》ぎ立てたところで、彼を疎《うと》ましく思っている宮宰《きゅうさい》一派がそれを承知するとも思えぬ。パルメニアで内乱が起こっても、ホークランドがそれに関与《かんよ》してくる可能性は極《きわ》めて少ないだろうな」

ゲルトルードは、そう語った。

オクタヴィアンは、納得《なっとく》の表情を、うすい微笑《びしょう》の下にしまい込んだ。

「それにしても、星山庁からの独立などと、また途方もないことを考え出されましたわね」

「まるっきりほらというわけでもない。コルネリアスが星教を否定していることは事実だ。あれは血の濃いスカルディオだからな」

オクタヴィアンは視線だけで問うてきた。はっきりと言葉にしないのは、それがゲルトルードにとって言いにくい話であることを承知しているからだ。

「……スカルディオの一族、とくに血の濃い子供は生まれつき体が弱い。わたくしもコルネリアスも、小さいときはずっと天蓋の中で育った」

ゲルトルードは、舌の上で言葉を転がすように言った。

「起きていると咳《せき》が出て辛《つら》いから、昼間もできるだけ眠《ねむ》るようにしていた。夢に見るのは決まって異界《ヒルデグリム》だ。むかし、ドラゴンや、角の生えた馬や、多くの精霊《リリアンシール》が去ったといわれるヒルデグリムの扉。それを、わたしたちはくぐることを許されていた……」

硝子《ガラス》細工のような生物のなる樹《き》や、天へと昇《のぼ》っていく水や、もろもろの幻想《げんそう》。

かくして異界はあるはずがないほど美しく、圧倒《あっとう》的に彼らを魅了《みりょう》した。

「それらはパルメニアに古くから伝わる伝承で、星教《アンゲリオン》とはなんの関係もないものだ。あれにあこがれ、あの世界を地上に築きたいとコルネリアスは考えたのだろう。実際、いまの星山庁《サルゴン》は腐敗《ふはい》している。二割もの教会税をなくし、結婚《けっこん》権と教育権をとりもどすために、古い信仰《しんこう》をたてて独立するというのも、あながち悪い考えではない。教会税がなくなるだけでも、民衆の生活は豊かになるだろう。だが、そのためには、王はスカルディオでなくてはならない」

「アイオリアさまは、ふさわしくない…条件不足というわけですのね」

「条件不足ではない。不要なのだ」

きっぱりと、彼女は言い捨てた。

「神の子孫の下に、血統の下に集結するというのであれば、王自身が神でならなければならない。アイオリアの血は、不明確すぎる」

「そのことに関して、わたくしからもご報告しておきたいことがありますわ」

オクタヴィアンは、ジュリアンから得た反国王派の情報を語って聞かせた。

ひとつ、ゲルトルードが予測しているとおり、妻・アンテローデの子が産まれれば、コルネリアスはアイオリアを排除《はいじょ》しにかかるだろうということ。

ふたつ、彼が、アイオリアの血統の不透明性《ふとうめい》を明らかにするために、バルビザンデを探させているること。

みっつ、アイオリアの父、イグナシオ二世の母、メリルローズが、おそらく偽者《にせもの》であったということ。

それを聞いて、ゲルトルードは、しばらく表情を凍《こお》らせて考え込んでいたが、

「ほんとうに恐《おそ》ろしいことは」

と、ふいに思案顔を溶《と》かして言った。

「予測が当たることではない。予測し得ない事実が判明したとき、あるいは、全く予測していなかった事態が起きることだ」

オクタヴィアンは頷《うなず》いた。

「逆に、それがどんなに恐ろしいことであっても、想像の範囲《はんい》内であれば、あらかじめ対策を練ることができる。……いまのところ、わたしの予想外の事態は起きていない」

「すべて大公殿下の手のひらの上ということですわね」

オクタヴィアンは、苺《いちご》を食べたばかりのようなつやめいた唇を舐めた。

「大公殿下は……、バルビザンデの行方《ゆくえ》を、ご存じですの？」

顔に灰色のカーテンを掛《か》けたまま、ゲルトルードはオクタヴィアンを見据《みす》えた。

「なぜ、そう思う？」

「こと陛下に関する限り、あなたさまがなにもご存じないで、そのようにゆったりかまえておいでではないと思うからですわ」

その言葉は、突風《とっぷう》のように、ゲルトルードの灰色のカーテンを吹《ふ》き飛ばした。

彼女はすこし目を見開き、それから横を向いて頰《ほお》を撫《な》でた。

「……わたしは、そんなにわかりやすい顔をしていたのか？」

そのしぐさが、あまりにも可笑《おか》しかったので、オクタヴィアンは無礼を承知で笑った。彼女は、ゲルトルードがごくたまに見せる、この無防備な表情が好きだった。

「わたくしにしかわからぬことですわ。お気になさいますな」

「……で、なければ困る」

憮然《ぶぜん》として、ゲルトルードは言った。

「バルビザンデのことだが、知ってのとおり、八年前から所在がつかめていない。

……アイオリアは、まだ正式には戴冠《たいかん》していないのだ」

頷きながら、大公殿下《でんか》ご自身は気づいておられるのだろうか、とオクタヴィアンは思った。

彼女が、アイオリアと口にするときだけ、冴《さ》え冴《ざ》えとしたアメジストの視線にそよ風のような温かさが混じるのだ——

「その前に、一度、わたしはあれに王冠《おうかん》をかぶせたことがある。もちろん、そのときはバルビザンデはまだ王冠にあった。もう八年前のことだ。わたしがむりやり、あれにかぶせた。

でなければ、あれはとうの昔に毒殺されていただろう」

「毒——」

生々しい響《ひび》きに、オクタヴィアンは一瞬《いっしゅん》、居心地《いごこち》の悪さを感じた。

「砒素《ひそ》を盛るのは、スカルディオのお家芸だからな。このままでは、いずれ殺されるのはわかっていた。旧王家の人間は、玉座を奪《うば》われた恨《うら》みを忘れていない。だからこそ、いそいであれを国王にする必要があったのだ。イグナシオ陛下の怪死《かいし》に、宮廷《きゅうてい》が混乱しているうちに——」

まがりなりにも国王になってしまえば、一族は彼女に手出しすることができない。国王を殺せば、バルビザンデの呪《のろ》いが一族にふりかかると、彼らはかたくなに信じているのだ。

オクタヴィアンは、頭の中を整理した。

八年前、アイオリアとゲルトルードが二人だけの戴冠式《たいかんしき》をした、そのときまで、バルビザンデは宝冠《ほうかん》に収められてあった。

そして、その直後に消えた。それゆえ、旧王族たちは、彼女の血統を明らかにすることができなくなった。

彼女は、首を振《ふ》った。そんな都合のいい話があるだろうか。

彼女は改めてゲルトルードを見つめた。ゲルトルードはその視線の意味を察して、自分から口を開いた。

「そなたと同じことを、コルネリアスも考えたろうな。この八年というもの、身の回りの世話をする女官《にょかん》の中に、ときどき、見覚えのないものが混じっている」

くつくつと、指の上に唇《くちびる》をのせて、彼女は笑った。

「そんなことをしても無駄《むだ》なことだ。バルビザンデは、わが手元にはない」

「では、どこに？」

「さあ……」

ゲルトルードははぐらかすように言って、窓のほうに歩いていった。キブシの花をつついていたメジロが、慌《あわ》てて枝を飛び立つ。

「……ミルザが、結婚するらしい」

窓の外の景色を眺《なが》めながら、ゲルトルードは言った。

「正式な日取りが明らかになったそうだ。パルメニアへの出兵がなくなって、地固めに出たということかな。いずれわかることだろうが、オリエには知らせていない。いまはあえて伏《ふ》せさせている。時期が悪い」

「そちらのほうを傍観《ぼうかん》なさったのにも、なにか訳がありますの？」

オクタヴィアンは注意深くゲルトルードを見つめた。もともと表情が乏《とぼ》しいため、ほんのわずかな表情の変化から、答えを探すしかなかった。

「ミルザさまがホークランドの皇女と結婚すれば、皇帝《こうてい》の娘婿《むすめむこ》ということになり、あの方のホークランドでの地位はより強固なものになりますわ。これはパルメニアにとって無視できる問題ではないはず。あえて見て見ぬふりをされたその理由をお聞かせ願いたいですわ」

ゲルトルードは口の端《はし》をくっとつり上げた。

「オクタヴィアンの言い分を聞いていると、なにやらわたしがたいそうな策略家のように思えてくるな」

「あら、違《ちが》いますの？」

ふと、微笑《ほほえ》もうとしたその顔に、剣《けん》のような鋭《するど》さが混じった。

荒々《あらあら》しい足音が近づいてくる。それも一人や二人ではなかった。オーロラが押しとどめようとする声とそれを押しのける声とが、招かざる客が扉《とびら》のすぐそばまで迫《せま》っていることを教えた。

荒々しく、扉は開かれた。

「失礼。大公殿下、そして、国王の第一夫人」

物騒《ぶっそう》な数の供を連れて現れたのは、財計卿コルネリアス＝ゴッドフロアだった。

ゲルトルードは、それに動じた風も見せず、

「控《ひか》えよ。無礼者め、ここをどこだと思っている！」

「緊急《きんきゅう》の事態なれば、ご容赦《ようしゃ》を。大公殿下、あなたのお身柄《みがら》を拘束《こうそく》させていただく。貴人に手荒《てあら》なことはしたくない。できればおとなしく投降していただきたい」

兵士達がぱらぱらと彼女らの周りを取り囲んだ。

ゲルトルードは、憮然とした表情を崩《くず》さずに言った。

「罪状は？」

「パルメニア国王暗殺未遂《みすい》」

馬鹿《ばか》な、という声を上げたのは、オクタヴィアンだった。

「なにを証拠《しょうこ》に、そのようなでたらめを——！」

「ただしくは、未来の国王、です。今朝、わが妻アンテローデのもとに賊《ぞく》が入り込み、腹の子ともども殺害せんとくわだてました。幸い命に別状ありませんでしたが、その後の調べにより、賊はヒルデブラント侯爵家《こうしゃくけ》ゆかりのものと判明し——」

コルネリアスはいったん言葉を止め、ゲルトルードの厳しい視線を真正面から受け止めた。

「そのものの口から、あなた方の名前が出たのです。パルメニア国王アイオリア、グランヴィーア大公ゲルトルード、この両名によるさしがねであると」

ゲルトルードはちょっと目を伏せ、三文芝居《しばい》を酷評《こくひょう》するように言った。

「美しい筋書きだな、ゴッドフロア公爵《こうしゃく》。どうせ、その頭の中で何度も何度も上演されてきたのだろう。ついに幕が上がった感想はどうだ？」

「強がりもそこまでになさい」

コルネリアスは、ふところに手を入れてなにかを取り出した。

「それは……」

指の間から光が零《こぼ》れるようにして現れたのは、赤《あか》ん坊《ぼう》の握《にぎ》り拳《こぶし》ほどもある、金色のダイヤモンドだった。

オクタヴィアンは目を見張った。

「黄星、バルビザンデ——！」

コルネリアスは誇《ほこ》らしげにバルビザンデを掲《かか》げてみせた。

「これがわが手にあるということが、どういうことかおわかりか。名も無き至高なる神は、わが子をしてこの王国を治めよと言っておられるのだ。

現に、このバルビザンデは、我が家の庭から見つかった」

いつものように、庭を散歩していたアンテローデが、ふと、あずまやの葡萄棚《ぶどうだな》に光るものを見つけた。それは葡萄の太い幹の割れ目から光を放っていて、不思議に思ったアンテローデが庭師に切らせたところ、中からまばゆいばかりの光を放つダイヤモンドが現れたのだ。

木を切った庭師が断言した。幹の割れ目はダイヤモンドのそれより遥《はる》かに小さく、後から中に押し込んだものではないこと。十年以上の年月をかけて幹の中にあり、それが生長とともに外に押し出されてきたということ。

アンテローデが産み月間近なことと、見つかった場所が葡萄の木ということが、人々の想像力をかき立て、それを一気に選民思想へと押し流した。

「もはや、どちらに正義があるかは火を見るより明らかなこと。

無駄な抵抗《ていこう》はしないでいただこう。大公殿下と第一夫人をお連れせよ」

死者の塔《とう》へ、とコルネリアスは言った。

第五幕　赤い星石のエヴァリオット

中部モルタニアからローランドを経て、大陸行路はサマルドンサでエドリア行きとサファロニア行きに分岐《ぶんき》する。星湖《マリス・ミレ》を抱《かか》え込むような三日月湖《ショロップ・ミレ》を船で渡《わた》ると、もうそこは南部パルメニア、クレメンティ州ヒクソスだ。

なんといってもヒクソスは、シングレオ騎士団《きしだん》の駐屯地《ちゅうとんち》があることで知られる。もともとはサファロニアから国境線を守るために置かれた守護隊で、それが建国の英雄《えいゆう》シングレオの名を冠《かん》して騎士団を名乗ったのは、彼の死後数年経《た》ってからのことである。

アイオリアはいまローランドを離《はな》れ、ヒクソスのすぐ手前のワザハルの辺りまで来ていた。

つい先日、彼女は二十四回目の誕生日を迎《むか》えた。本人としては、貴婦人方《マノワール》の膝《ひざ》を枕《まくら》に昼寝《ひるね》を楽しんでいたかったのだが、どうやら平穏《へいおん》の女神《めがみ》だけには、そっぽを向かれたようだった。

最愛のいとこどのこと、グランヴィーア大公ゲルトルードの結婚宣言以来、国王陛下は臣下の家を訪ね回る忙《いそが》しい日々を過ごしていた。ゲルトルードの結婚相手である、サンシモン伯《はく》アーシュレイと、ゲルトルードの結婚《けっこん》をかけて、トーナメントを開くことを約束したからである。

「あのいかれロゼッティめ。わたしが勝ったあかつきには、薔薇風呂《ばらぶろ》で溺死《できし》させてやる」

刑法《けいほう》とか人権とか王の尊厳とかをまとめてゴミ箱に押し込んで、彼女はつぶやいた。

そばには、忠実なる王の騎士ジャック＝グレモロンが付き従っている。

「なんで俺が……」

彼は数日前まで、家族をローランドに呼び寄せ、親子三人（＋姑《しゅうとめ》）水入らずの休暇《きゅうか》を楽しんでいた。

「まあ、綺麗《きれい》な髪飾《かみかざ》り」

ジャックは、オズマニア遠征《えんせい》以来顔を合わせていなかった妻のエティエンヌに、翡翠《ひすい》の髪飾りをプレゼントした。翡翠を薄《うす》く削《けず》って花の形にしたそれは、彼女の瞳《ひとみ》と同じ色で、ミルク色の巻き毛によく合っていた。

「わたしに下さるんですか？　ありがとうございます」

そう言って、エティエンヌは春色の瞳を細めて微笑んだ。この微笑みを見るたび、明日もがんばろうと思うジャックであった。

二人は、ほぼ自然ななりゆきで接吻《せっぷん》を交《か》わしたあと、

「エティエンヌ、キャリーも二歳になったことだし……」

ジャックは、自分の中の臆病《おくびょう》を蹴散《けち》らして、妻の白い手を握《にぎ》った。

「はい？」

「そろそろ、二人目を……」

そのとき、緑の旗を立てた急使がやってきて、ダブロア家のささやかな静寂《せいじゃく》を破った。

なおった。

ジャックは紙を丸めて火鉢《ひばち》にくべてしまうと、気を取り直して、エティエンヌのほうを向き
意味不明である。

『ロゼッティの簀巻《すま》き』

奪《うば》い取るようにして広げた紙には、

「またか!!」


「お役目は、よろしいんですの?」

「いいんだ。俺、字読めないから(嘘)」

——わずかばかりの抵抗を試みたものの、ジャックは急使の旗をめざとくみとめた姑に、
早々に家を追い出されてしまった。

「婿殿《むこどの》は、お役目忠実に!」

そう、やっぱり彼は婿養子《むこようし》なのだ。

「なんだよ、簀巻きって」

蜜月《みつげつ》を邪魔《じゃま》されたジャックだったが、ことの次第《しだい》を聞かされてますます呆《あき》れかえった。

「俺にそのトーナメントに出ろって? ……まあなんでもいいけど」

首を傾《かし》げながらもジャックが承知すると、同じように呼び出されていたゲイリー=オリンザ
が、氷色《ひいろ》の両眼に剣呑《けんのん》な光をちらつかせた。

「なら、俺はその伯爵《はくしゃく》側につかせてもらう」

「ガイ!?」

「悪いが俺は、おまえとやりたいんでね」

彼らの記録はジャックの十七勝十六敗一引き分けで止まっており、ガイは真剣《しんけん》に討《う》ち合う機会を探していたのである。

ガイの説得に失敗したアイオリアは、ちょうどローランドに帰営していた、第四師団長ヘメロス＝ソーンダイクにことを打診《だしん》した。休暇中の彼は、愛妻とのあやとりを中断して、トーナメントへの参加を承知する文書をしたためた。

「ロゼッティの布団巻《ふとんま》きまで、あと一人だ!」

勝手なことをほざいていたアイオリアだったが、菓子屋《モンタン》〝寝取られ男のぼやき〟の主人は、首を縦に振《ふ》らなかった。

「そりゃあ、なにがなんでも無理な相談だ」

両手を粉まみれにした元シングレオ騎士団団長は、この店を出す際に、サンシモン伯爵から出資を受けたことを白状したのである。

「ケルンテルン通りに店を出したかったんだが、銀行ギルドが金を貸してくれなくってな。伯爵はナリスの古なじみっていうから、ついつい気軽に借金しちまった。ま、勘弁《かんべん》してくれや」

そういって、〝男心にすずめの涙《なみだ》〟パイ《キネフエ》と、〝女心は秋の空〟タルト《パンナ》を包んでくれた。

「ガイだけならともかく、ナリスやニコールまで裏切るなんて……」

アイオリアは壁《かべ》に向かって、がっくりと手をついた。日頃《ひごろ》の女尊男卑《じょそんだんぴ》のツケが回ってきたようであった。

ジャックは耳に小指を突《つ》っ込んで、言った。

「いいじゃねえか。ニコールより強いやつを探せば」

「ニコールより、強い奴……？」

彼女は、ふとなにごとかを思いついたように顔を上げた。

「……そうだ。一人だけいる。ニコールを相手にして、一歩も引けを取らない騎士が！」

ジャックが、しまったと思った時には、すでに後の祭りであった。

……そんなわけで、ジャックはアイオリアのお供をして、シングレオ騎士団に向かっているわけなのである。

二人が歩いているこの南部巡礼街道《じゅんれいかいどう》は、石で舗装《ほそう》されていて行き交《か》う人の量も多い。歴代の王がシングレオ騎士団に向かう際、少しずつ補修させているので、道幅《みちはば》もあり、行商人達の幌《ほろ》馬車《ばしゃ》が楽に行きすぎる。

シングレオ騎士団は、パルメニアのどの軍隊からも兵権を独立させており、たとえ国王といえども団長の許可なしには動かすことはできない。その義務として、外敵から国土を守ることをいただいているが、国軍と作戦を同じくすることはない。兵権を返上するのは、騎士団全体が国王を認めたときのみで、そのために、歴代の王は在位中に何度もヒクソスへ足を運び、剛《ごう》柔《じゅう》あらゆる術《すべ》をもって、騎士団の説得にかかるのである。

「副長のリュシアン＝マルセルだよ」

道ばたに野生していたイチイの雌株《めす》をめざとく見つけて、アイオリアは言った。パルメニアの南部は気候も温暖で、もう早い木は実をつけている。

「むかしは、きみとガイみたいに、コンビを組んでトーナメントに出ていたんだ。ニコールが騎士団を飛び出してからは、ずっと団長代理を務めてるはずだ。たしか、叙任式《じょにんしき》のとき、手合わせたはずだろう？」

言いながら、種をぺっと吐《は》き出した。イチイの実は甘くておいしいが、種は有毒である。

同じように種を飛ばしながら、ジャックは言った。

「手合わせったって、形だけだ。顔も覚えてない」

アイオリアは頷《うなず》き、たしかここらへんに春アケビがあったはずだ、と茂《しげ》みに入っていった。

ジャックは呆《あき》れた。

「おまえ、ほんっとに王様らしくないのな。どこの世界に、そこらへんに生えてる草を食う王様がいるよ。もっといいもん食ってたんだろ？」

やがて、アケビではなく、薄紫色《うすむらさきいろ》の片栗《かたくり》の花を両手いっぱい抱《かか》えて戻《もど》ってきた。

彼女はほくほく顔で言った。

「ほら、こんなに片栗の花。このままでも食べられるけど、塩をつけたほうがいいかな」

「うまいのか？」

「……毒入りじゃなかったら、なんでもおいしいよ」

ジャックは片栗の花びらを、舌にのせて言った。

「なんじゃそら。そんなのあたりまえだろ」

彼女は笑っただけだった。

ワザハルの街を出てすぐ、ヒンデミア寺院へ巡礼にいく一行とすれ違《ちが》う。ヒンデミアは虹《にじ》を司《つかさど》る女神《めがみ》で、赤《あか》ん坊《ぼう》は虹の橋を渡《わた》って来るという言い伝えにちなんで、子供が欲しい女性達の信仰《しんこう》を集めていた。

帰りに、銀の葡萄《ぶどう》を買って帰ろうか、などとジャックがぼんやり考えていると、そばでアイオリアがぽつりと言った。

「ああいうのはいいね」

ジャックは驚《おどろ》いて顔を上げた。

「こんなところまで女の足でお参りにくるなんて、みんなよっぽど子供が欲しいんだろうね」

「そりゃあ、まあ、そうだろうな」

「あの人たちの子供は、幸せだな。あんなに望まれて生まれてくるんだから」

そのつぶやきはどこか投げやりな感じがして、ジャックの心にいつまでも引っかかっていた。

朝早くにワザハルを出たおかげで、二人は閉門に十分余裕《よゆう》を持ってヒクソスに入ることができた。街は異様な盛り上がりようで、通りには長い市が立ち、鍛冶屋《かじや》が鉄を打つ音がそこかしこに響《ひび》き渡っている。

「ずいぶん、人が多いな」

祭りでもないのに、とオリエがつぶやいた。

「鍛治屋の数も多いぞ。ほら、蹄鉄屋《ていてつや》と鐙屋《あぶみや》が分かれてる」

「ヒクソスは、良質の鉄鉱石が出るんだ。これが珍《めずら》しい赤い鉄で、蹄鉄が赤い馬はシングレオ騎士団《きしだん》のものとすぐ知れる。

リオが、いま、エスパルダの改築に凝《こ》っていてね。あの古くさい死者の塔《とう》を壊《こわ》して、もっと重厚な鉄塔を作りたいらしい。どうせだったら、赤い鉄がいいと言ってたな……」

「鉄の塔？　塔をぜんぶ、鉄で作るのか!?」

「……まあ、計画を立ててるだけはタダだからね」

のちに、このリオの野望は、半分だけ実現することになる。

アイオリアとジャックは、ちょっと相談してから、このまま直接砦《とりで》に向かうことにした。

砦の入り口は、意外なことに、ここまで大勢の人でごった返していた。長い順番を待った後ようやくふたりの順番が回ってきた。

強面《こわもて》の書記官が、ふたりに言った。

「名前と出身は？」

「あ、はい。わたしは、オリエ＝ヒルデブラント。貧乏貴族《びんぼう》の三男坊です」

いつものくせで、しっかり詐称《さしよう》してしまっていることに、本人は気づいていない。

書記官がぎろり、と彼女を睨《にら》んだ。

「出身は？」

「え、えーと、ローランドです」

「カロンヌ州ローランドだな。次!」

今度はジャック=グレモロンがおたおたする番だった。

「ジ、ジャック＝グレモロン、出身はカルカザン……」

書記官は、ガリガリ紙を削《けず》るようになにごとかを書き付けた後、ふたりにひものついた番号札を投げてよこした。

「一次試験は百人ごとに行われる。番号のおそい奴《やつ》は待機だ。それまでは砦内の雑用をしてもらう。井戸《いど》・手洗いの使用は自由だが、行水の時間は朝四時半から。わからないことは随時《ずいじ》、係に聞くように」

書記官が、次！　と唸《うな》るように言ったので、ふたりはその声に背中を押されるように進んだ。中堀《なかぼり》にかかる橋の上で、ふたりは顔を見合わせた。

「……試験？」

なんの、と言いかけて、あ、と同時に息を飲む。

ヒクソスで、四番目の月が昇《のぼ》るころに行われる行事と言えば、ただ一つしかない。

「シングレオ騎士団の、入団試験だ!!」

あいかわらず、気がつくのが遅《おそ》いふたりであった。

＊

しなくてもいい詐称をしてしまったおかげで、事態はややこしい方向に転がり続けた。

「もー、なんでこんなことに……」

ふたりは、騎士団の本舎にある宝物庫《ほうもつこ》の中で、仲良く肩《かた》を並べて壺《つぼ》を磨《みが》いていた。

巨大《きよだい》な銀製の壺を抱《かか》えて、ジャックがぼやいた。

「だいたい、おまえがあそこでちゃんと名乗らねえから……」

「そんなこと言ったって……」

ジャックだって、ちゃんと名乗った割には、気づいてもらえなかったじゃないか」

同じく、真鍮《しんちゆう》の壺を足で挟《はさ》んで、アイオリアが言う。

「そ、それとこれとは、話が違《ちが》うだろ！」

「ジャック・ザ・ルビーなんてたいそうな異名持ちのくせに。はあ、やれやれ……」

「なんでそこでおまえが溜《た》め息《いき》つくんだよ！」

会話の不毛さに気づいて、ふたりは黙《だま》り込んだ。

ここに放《ほう》り込まれる前、アイオリアは忙《いそが》しそうにしている従士を捕《つか》まえて、本名を名乗った。

「実は私は、パルメニア国王なんだ」

筋肉の上着を一枚余分に着こんでいそうな大男は、彼女の肩をばんばん叩《たた》いて笑った。

「そうか、じゃあ俺はジャック・ザ・ルビーだ」

本物のジャック・ザ・ルビーは、大変気を悪くした。自分より頭二つ分ぐらい高いところにある顔に向かって、景気よくつばを飛ばす。

「ジャック・ザ・ルビーは俺だ！」

「そうかい、そりゃあ悪かったな。俺は実はナリス＝イングラムなんだ」

　ふたりはこの自称《じしよう》ナリス＝イングラムに、宝物庫の中を掃除《そうじ》するように言われた。もはや何も言う気をなくしていたふたりは、順番がくるまでおとなしく壺を磨いていることにした。どうせ、試験が始まれば、リュシアン＝マルセルに会えるだろう。

　どこまでも呑気《のんき》なふたりだった。

「あれ？」

　三十六個目の壺を磨いていたジャックが、ふと、部屋の隅《すみ》になにかを見つけた。

　古い祭壇《さいだん》に寄りかかるようにして、甲冑《かっちゅう》が立てられている。あまり細工の良いものではなく、傷だらけの状態からして、何度か実戦で使われたものであるようだった。

　肩当《かたあ》てのところの埃《ほこり》を払《はら》って、ジャックは仰天《ぎょうてん》した。

「こ、これ、シングレオの鎧《よろい》だ‼」

　分厚い埃の下から現れたのは、火トカゲが剣《けん》の形の炎《ほのお》を吐《は》いている紋章《もんしよう》、すなわち、シングレオ自身を表す意匠《いしよう》であった。星教《アングリオン》を表す六芒星《ろくぼうせい》が入っていないことから、パルメニアが星教を国教とする以前のもの——シングレオ本人が使用していたものである可能性が高い。

　武芸に携《たずさ》わるものにとって、シングレオ＝スカルディオは神様のような存在である。ジャックはおそるおそる肩当てを外して、その重量感を手で確かめると、

「本物だあああ……」

と、歓声《かんせい》をあげた。

「オリエ、来てみろよ！」

ジャックは、新しいおもちゃを与《あた》えられた子供のようにはしゃいだ。

座り込んで壺を磨いていたオリエの腕《うで》をぐいぐい引っ張って、

「なあなあ、ちょっと着て見せてくれよ」

「……なんでわたしが。きみが着ればいいじゃないか」

とたん、ジャックは苦虫をかみつぶしたような顔になった。

「俺だと、いろいろと足んねえんだよ！」

なるほど、立てられた甲冑の大きさから見ても、シングレオは随分大柄《ずいぶんおおがら》であったようだ。胸当ての位置に頭がくるジャックでは、文字通り手に余るだろう。

ひまに好奇心《こうきしん》も手伝ってか、アイオリアはそのシングレオの鎧とやらを、ひととおり身につけてみることにした。鎧といっても、古代のものであるから、いまのように全身を鎖帷子《くさりかたびら》で覆《おお》ったりはしない。クリニアン銀（魔法《まほう》をはね返す作用があると言われている）で作られた胸当てと肩当ての下に、小さな札板をつなぎ合わせて作った帷子を着るだけだ。

腕に鏝《こて》を嵌《は》めようとして、ふと、顔を上げる。

「うん？　何か言った？」

ジャックはふるふると首を振《ふ》った。

「いや、どうした？」

「……なにか聞こえた気がしたんだ」

ふたりが息を飲んでじっと耳を澄《す》ますと、奥の部屋からなにかガタガタいう音が聞こえた。

「な、なんか聞こえる……」

ふたりはおっかなびっくり扉《とびら》に近づいた。

「なんだろう、ネズミかな？」

錠《じょう》はかかってはいないようだったので、アイオリアはそっと扉を押した。

奥の部屋は日が差さないため薄暗《うすぐら》く、元いた部屋よりさらに埃っぽかった。長い間、閉ざされたままだったのだろう、足跡《あしあと》が付くほど埃が溜《た》まっている。部屋の四方は温かな寄せ木細工で覆われており、壁《かべ》にそっていくつもの長持が並んでいた。

その中の一つが、ぶるぶる震《ふる》えている。

「これだ。……動いてる……」

重厚な造りの、鉛《なまり》の箱だった。アイオリアがふうっと息を吹《ふ》きかけると、埃の中からいらくさに巻かれた獅子《しし》の文様が浮《う》かび出た。

「おい、オリエ。これ……」

そう、ジャックが声をかけるのと、アイオリアが蓋《ふた》を開けるのとが、ほぼ同時だった。

『シングレオ!!』

声だけだというのに、子供に頬《ほお》をひっぱたかれたくらいの衝撃《しょうげき》があった。ふたりは目を丸くして顔を見合わせ、ついで、箱の中をのぞき込んだ。

衝撃は、もう一度来た。

『やっと帰ってきてくれた‼　はやくだして、ここからだして！　ねえ……』

「しゃべってる……」

アイオリアが指をさしてそう言うと、ジャックが怪訝《けげん》そうな顔をした。

「なんも聞こえねえぞ」

「そんな馬鹿《ばか》な。さっきもちゃんと……」

『ねえ、シングレオってば‼』

「――ほら……」

アイオリアは、赤《あか》ん坊《ぼう》をゆりかごから抱《だ》きかかえるようにして、剣を取り出した。

ほんのわずかな明かりの下で、すらりとした紅《あか》い刀身があらわになる。だが、なによりも目を引くのは、鍔《つば》の部分に、刺《さ》すような光を放ち続けている大粒《おおつぶ》のルビー……

「きみは、もしかして、エヴァリオット……？」

とたん、剣は腕の中で駄々《だだ》っ子《こ》のように暴れ出した。

『ばかばかばか、どうしてそんなこと聞くの、もしかしてエヴァのこと、忘れちゃったの⁉　だから、ずっと帰ってこなかったのね。エヴァのこと、忘れちゃったのね‼』

今度はひどいひどいと泣き出した剣に、アイオリアは降参とばかりに手を放した。

（……間違《まちが》いない。エヴァリオットだ）

エヴァリオット。剣聖シングレオの愛した剣。その鍔部分には大粒のルビーが嵌め込まれており、炎を司る精霊が宿っているという。

炎の精霊というからには、もっと高圧的なお姉さまを期待していたのだが……

(こんな、じゃじゃ馬だったとは……)

アイオリアは半ば呆然《ぼうぜん》として、エヴァリオットを見つめた。

剣は、床《ゆか》の上でなおも暴れ続けた。

『やだやだやだ、おいてかないで。今度はエヴァも連れていってくれるってゆったわ！』

「あのねえ、お嬢《ジョナスティ》さん……」

アイオリアは、腰《こし》に手を当てて、静かに剣を見下ろした。

「あなたのシングレオの鎧を勝手に拝借したのは悪かったけど、わたしはシングレオじゃないんだ。シングレオはもう、亡《な》くなった方だよ」

剣は沈黙《ちんもく》した。人間だったら、おそらくぽけっと見上げていただろうとアイオリアは思った。

ふと後ろを振り返ると、ジャックがしかめっ面《つら》のまま凍《こお》り付いている。どうやら彼には、この声は聞こえないらしい。

しばらくして、反応が返ってきた。

『ぷ――――――ん!!』

……予想外の反応に、アイオリアはやや驚《おどろ》いた。

「ぷ、ぷーんって……」

『シングレオをどこに隠《かく》したの!? シングレオは、エヴァのものなのに!! エヴァのもの、なの、に!!』

アイオリアは、困ったように髪《かみ》をかき混ぜた。

「あのね、おまえさん。何度も言うようだけど、あんたの待ってるシングレオは、もうとうに死んだんだよ」

言いながら、急いで、記《き》憶《おく》の書物を紐《ひも》解《と》く。

「それもえーと、かれこれ二五〇年以上前の話だ」

『うそ!』

紅い刀身が、ぶるりと唸《うな》った。アイオリアは慌《あわ》てて一歩後ずさった。

『シングレオは、ずうっとこのエヴァが護《まも》ってきたのよ。エヴァをおよめさんにしてくれるってゆったのよ!』

「そんなこと、わたしに言われたってねえ……」

アイオリアは剣の前にあぐらを組んで座った。膝《ひざ》の上に頬《ほお》杖《づえ》をついて、エヴァリオットを眺《なが》める。

『どうせまた、オリガとエリィにそそのかされて、都で長《なが》居《い》をしているだけよ。すぐに帰ってくるわ』

急に機《き》嫌《げん》を直して、彼女は言った。

「………」

アイオリアはなんだか哀《かな》しくなった。エヴァリオットは人間の死というものを理解できないのだ。星石の、とくに大粒の宝石を宿主とする精霊は、精霊王と同じくらいの理力《ゲルマリック》を持つという。理力が高ければ高いほど、彼女たちは第三世界《ガグリエルマ》（地上とか、現世とか言われているこの世界）の束縛《そくばく》を受けない。おそらく、変化に対する感受性は、我々よりずっと鈍《にぶ》いのだろう。

（この子は、シングレオの最期《さいご》に居合わせなかったのか……）

もう気の遠くなるような長い時間を、彼女はずっと待っているのだ。シングレオが、自分の元へ帰ってくるのを。まるで、母鳥が、孵《かえ》らない卵を抱き続けるように。

二五〇年――

それは、どんなにか長い時間だろう。

アイオリアは息苦しさに似た感傷を覚えて、そっと目を閉じた。

王家の人間は、墓を持たない。聖櫃《せいひつ》とよばれる、王宮の第三地下に年代別に棺《ひつぎ》が並べられている。その千の棺の中に、シングレオのものもあったはずだ。

それを見せれば、彼女は納得《なっとく》するだろうか。

「よし！」

アイオリアは立ち上がった。

「ちょうどこれからわたしは都へ帰るんだ。いとこどのがうるさくってね。おまえさんも一緒《いっしょ》に連れていってあげよう。もし、そこにシングレオがいなかったら……」

いったん言葉を止めて、息を吸った。

「わたしと共に来るといい。わたしはすぐにまた、ローランドを離《はな》れるつもりでいるから」

剣《けん》は——エヴァリオットはカタンと身じろぎした。

『どこへいくの？　シングレオの居場所を、しっているの？』

「いいや。でもわたしは世界中を旅して回るつもりでいるから、きっとそのうちシングレオにも会えるだろう。こんなところで待っているより、そのほうが効率がいい。そう思わないか？」

聖櫃に安置されているシングレオの棺は、空《から》だという噂《うわさ》もある。彼の死について、あらゆる文献《ぶんけん》が沈黙しているわけを、アイオリアは常々知りたいと思っていた。

すべてが終わってから、彼女の旅につきあうのも、悪くはない。

（すべてが、終わってから……？）

アイオリアの困惑《こんわく》をよそに、エヴァリオットは、もうすっかりその気になっていた。

『あなた、いいひとね。とってもいい人。名前、なんてゆうの？』

嬉《うれ》しくて仕方がないといった声だった。アイオリアは無意識のうちに、柄《つか》に手をかけていた。

「アイオリア」

『ふうん、ほんとうにシングレオじゃないのね……』

あまり力をいれなくても抜《ぬ》けそうな気がした。柄を持った手にぐっと力を入れると、引き抜いた刀身と鞘《さや》の隙間《すきま》から、矢のような光が零《こぼ》れ出た。

「えっ？」

衝撃は、次の瞬間《しゅんかん》だった。

どおん、という鈍い音とともに床が揺《ゆ》れ、立てかけてあった団旗が、そばにあった銀の燭《しょく》台《だい》ごと壁《かべ》に吹《ふ》っ飛ばされた。床がラクダの背のように何度もうねり、ジャックは床に倒《たお》れ込みそうになって、思わず叫《さけ》んだ。

「オリエ!!」

剣を摑《つか》んだ手が勝手にもちあがるのを、アイオリアは呆然と眺めていた。

鞘をはずれた刀身は、金と銀が混じり合ったような鈍い光を放っていた。光は切っ先で球になり、ぐんぐんと伸《の》びていく。そして、

ズガン。

その音は、砦《とりで》にいたすべての兵士の聴覚《ちょうかく》を奪《うば》った。雷電《らいでん》を束にしたような光の槍《やり》は、宝物庫《ほうもつこ》の天井《てんじょう》をうち破り、雲を散らし、やがてさんざめく星々の中に吸い込まれるようにして消えた。

天井の嵌《は》め木《き》が壊《こわ》れて、木ぎれがぱらぱらと落ちてくる。

しばらくの間、ふたりは無言だった。

「どうした！」

その声はふたりのものではなかった。物音を聞いて駆《か》けつけた兵士数人が、荒々《あらあら》しく中へ入ってくる。

「なん……」

彼らは、その場の惨状《さんじょう》を見て息を飲んだ。

部屋の中は、ドラゴンを閉じこめようとして逃《に》げられた後のように、めちゃくちゃに荒《あ》らさ

れ、天井にぽっかりと大きな穴が開いていた。

そして、なによりも彼らの目を引いたのは、

「きみは……」

アイオリアの顔のすぐ前に、紅《あか》い目をした少女が宙に浮《う》かんでいた。

少女は見慣れないデザインの服を着ていた。レスピエーヌと呼ばれる、古代の装束《しょうぞく》だ。透《す》きとおった紅い髪をゆらゆら揺らしながら、少女は音もなく彼女に近づいた。

『はやく、ねえ、はやく、都へいきましょう。シングレオに、会えるのよね』

少女は、あどけない顔で笑った。伸ばしてきた腕《うで》が、そよ風のようにアイオリアの首にまとわりついた。

呆気《あっけ》にとられていたアイオリアだったが、次の瞬間、鋭《するど》い声とともにわれに返った。

「なにごとだ!!　これは!!」

その場にいた全員が、胡椒《こしょう》の粒《つぶ》を噛《か》んだようにピクッと頰《ほお》を震《ふる》わせた。アイオリアはエヴァリオットを首にぶら下げたまま振《ふ》り返り、

「あ……」

男はアイオリアを見て、表情にさらに怒《いか》りと苛立《いらだ》ちを加えた。

「貴様は……」

アイオリアは困ったように頭をかき、中からあまり気の利《き》かない言葉を引っ張り出した。

「リュシアン副長、ひさしぶり」

立ちつくす男に向かって、彼女は片目を瞑《つぶ》ってみせた。

「これ、抜けちゃった。ごめん」

＊

その日、シングレオ騎士団《きしだん》副長、リュシアン＝マルセルは、朝から不機嫌だった。

彼の好物であるはずのジンジャースープは、今日に限って妙《みょう》に水っぽかったし、井戸《いど》で顔を洗っているところを、鴉《からす》に二度もフンを引っかけられた。彼の眉間《みけん》の皺《しわ》が一本増えるたび、周りに侍《はべ》る親衛隊たちは震《ふる》えあがり、自分たちの頭上に、見えざる積乱雲が近づいていることを感じずにはいられなかった。

「これは、なにかよからぬことの前兆に違《ちが》いない」

難攻不落《なんこうふらく》のマルセル、の異名をとる彼は、どんなささいなことにも理由付けをせずにはいられない性格だった。彼はこの奇妙《きみょう》な予感を理論的に解決しようと、鴉の飛び立った方角を調べさせた。

はたして、部下の報告を受けた彼は愕然《がくぜん》とした。

「北西、ということは、都か！」

彼は、大胆《だいたん》な仮想を立てた。

「この二度もフンをされたということが重要なのだ。我々は、このことを深慮《しんりょ》する必要がある。

なぜならば、これは大変に珍《めずら》しい事件であるからだ。普通《ふつう》に顔を洗うことなど日に数回とないにもかかわらず、その二度とも鴉にしてやられるということが、いったいどういうことか。

そう、これは陰謀《いんぼう》だ！」

彼は日常のささいな出来事も、すべて誰かの陰謀にしてしまえるという特技を持っていた。

「招かざる客が北西の方角、つまり都からやってくる。その者はわが騎士団を一度ならず二度までも窮地《きゅうち》に追い込み、くそまずいジンジャースープで我々の戦意を削《そ》ごうとするだろう。

諸君、我々のモットーとは？　さん、はいっ」

「清く」

「正しく！」

「美しく‼」

「そのとおりだ」

リュシアンは、彼の美しい親衛隊達に向かって、満足げに頷《うなず》いてみせた。

……余談だが、騎士団の箴言《しんげん》は、鋼《はがね》の心を持て、である。

リュシアンは、親衛隊の一糸乱れぬ拍手《はくしゅ》に見送られて自室へ戻《もど》った。彼には、都からやってくる（と思われる）くそまずいスープを作りそうな集団に、心当たりがあった。

（……恐《おそ》ろしい）

彼は、そのジンジャースープを飲んで腹を壊したことがあった。この騎士団に伝わる秘伝の胃薬がなければ、あと三日は下痢《げり》に苦しんだだろう。

リュシアンはその不愉快《ふゆかい》な発想を断ち切るべく、読みかけの本を開いた。三行ほど読んだところで、彼はふたたび本を閉じた。もう一人、彼にくそまずいスープを飲ませたことがある人物を思いだしたからである。

「まさか……」

その人物が、ヒクソスにやってくる可能性を考えて、彼は椅子《いす》の上で凝《こ》り固まった。あり得ない話ではない。なんといっても、それは国王の義務であり、その当然果たされるべき責務を、その人物はいまだ全《まっと》うしていなかったからである。すなわち、このシングレオ騎士団をして国王を認めさせ、その兵権を返上せしめること。

どおん、という音が響《ひび》き渡《わた》ったのは、まさにそのときだった。

リュシアンはマントを肩《かた》にひっかけると、階下へと急いだ。

騒《さわ》ぎは宝物庫で起こっていた。人垣《ひとがき》を押しのけて中へ入ると、崩《くず》れた土壁《つちかべ》と瓦礫《がれき》が、部屋中に散乱していた。

「なにごとだ!!　これは!!」

その場にいた全員が、雷《かみなり》に打たれたように直立した。

リュシアンは、暗闇《くらやみ》の中で目を凝らした。穿《うが》たれた天井から洩《も》れる螺鈿《らでん》の光が、わずかに彼に視力を与《あた》えていた。

その下で、光り輝《かがや》く抜《ぬ》き身の剣《けん》を手にして、ひとりの青年がこちらを見ていた。

「リュシアン副長、ひさしぶり」

その声に、いやな聞き覚えがあった。

「これ、抜けちゃった。ごめん」

リュシアンは息を飲んだ。かつて、彼に生まれて初めて食べ物を粗末《そまつ》にさせた人物が、邪気《じゃき》のない顔でそこにたたずんでいた。

「ついでに、なんか穴もあいちゃったみたいなんだけど、どうしよう？」

リュシアンは、そののほほんとした顔に、したたかに声のパンチを喰《く》らわした。

「こんなところで、なにをしている。パルメニア国王、アイオリア＝メリッサ＝アジェンセン！」

その声に、人々はぎょっとして顔を見合わせた。

「国王陛下⁉」

「国王陛下だって⁉」

いつのまにか、宝物庫の周りには、何重もの人垣ができていた。

（国王陛下が、あのエヴァリオットを抜いた⁉）

背後のざわめきが、どよめきに変わる。その噂《うわさ》は風よりも早く伝わり、あっというまに砦《とりで》を席巻《せっけん》した。

（エヴァリオットが、王を選んだ‼）

（剣聖シングレオ以来、二五〇年誰もなしえなかったことを、パルメニアの女王陛下が‼）

人々は平静でいられなかった。なんといっても、あのエヴァリオットが二五〇年ぶりに持ち手を選んだのである。騎士団創設以来、われこそはという剛《ごう》の者が、ことごとく大火傷《やけど》を負わされる結果に終わっていただけに、人々は熱狂《ねっきょう》してこの雄々《おお》しい女王を迎《むか》えた。

「女王陛下ばんざい！」

「国王の御代《みよ》に、栄《は》えあれ！」

誰かが感涙《かんるい》きわまって団歌を歌い出すと、それはまたたくまに熱っぽい響きを伴《ともな》って、砦中を渦巻《うずま》く大合唱になった。

ところで、当の本人達は、意外なコトの成り行きに唖然《あぜん》としていた。

「よかったじゃねえか、説得する手間がはぶけて」

ジャックが、アイオリアの肩にぽんと手を置いて言った。

「えっ」

「俺たちゃ、もともと副長さんの勧誘《かんゆう》にきたんだろうが」

「あ、そうだった……」

アイオリアは、たったいま目が覚めたように、目をぱちくりさせた。

と、そこへ、感慨《かんがい》の淵《ふち》に浸《ひた》るまもなく、不気味な唸《うな》り声が近づいてきた。

「うおー、うおーうおー、アニキ～

アニキー、ステキ、ムテキ～

アニキの一撃《いちげき》、ワタシ感激～」

聞き慣れただみ声だった。アイオリアとジャックは、思わず顔を見合わせた。

「あれは……、あの飛ぶ鳥を落とす勢いのだみ声は……」

耳を澄《す》ましてみると、

「やめろっ、やめねえか！」

「この団歌に対抗《たいこう》して、〝アニキに捧《ささ》げるバラッド〟いちばんー」

「うおおおおおお！！！！」

「対抗するなっ」

やはり聞き慣れたやりとりが聞こえる。

「副長！　大変です。ただいま砦内に不審《ふしん》な集団が!!」

けぶるような金髪《きんぱつ》の美少年が数名、半泣きの顔で部屋に飛び込んできた。彼らは、リュシアン＝マルセル副長の私設親衛隊なのである。

「だめです。内堀《うちぼり》を突破《とっぱ》されました。まっすぐこちらに近づいてきます！」

「あの肉ダルマの集団から、副長をお守りせよ！」

彼らは、剣を抜いてばらばらと部屋の周りを取り囲んだ。

「やめよ、誰が砦内での抜刀《ばっとう》を許した!?」

血相を変えたリュシアンの頭上に、その場の雰囲気《ふんいき》にそぐわない、のんびりとした声が降《ふ》ってきた。

「まーったくだあ。どうにもしつけがなってないぜ、リュシアン」

無精《ぶしょう》ひげもあらわなその男は、リュシアンの足元にどさりと皮のリュックサックを落とした。

何百人もの人垣が、驚《おどろ》きもあらわに声の主を見つめた。

「団長！」

「団長!!」

「アニキ！」

なんか違《ちが》うのも混じっている。

突然《とつぜん》の侵入者《しんにゅうしゃ》に、リュシアンは、するどい剣のような眼差《まなざ》しを向けた。

「ニコール！　貴様まで、いったいなにしに来た」

「ご挨拶《あいさつ》だな、シングレオ騎士団《きしだん》の副長さんよ」

ニコールの視線は、憤慨《ふんがい》する旧友を通り越《とおこ》して、アイオリアの顔の上で止まった。

「おい、おじょーちゃん。こんなところで呑気《のんき》に宴《えん》開いてる場合じゃないぜ」

そう言って、ふと、アイオリアが手にしている剣を見て瞠目《どうもく》した。

「ほう……、それを抜いたか。じゃあ、まだなんとかなるかもしれねえなぁ」

「なんとかなる？」

ニコールはアイオリアに一枚の布きれ《ルトラ》を投げてよこした。

「これは……」

「国王アイオリアとグランヴィーア大公ゲルトルードが共謀《きょうぼう》して、次期王位継承者《けいしょうしゃ》を暗殺しようとしたという告知書だ」

「なんだって!?」

ジャックは布に飛びついた。

「現在、国王は逃亡《とうぼう》中。大公と国王の愛妾《あいしょう》八名は、ゴッドフロア公爵《こうしゃく》の手によって捕《と》らえられ死者の塔《とう》に連行された。各師団長は投獄《とうごく》され、第二・第三師団および逃亡した国王の供をしているると思われる第一師団長の麾下《きか》、合わせて八千人が現在謹慎《きんしん》中だ」

ジャックの表情が、珍《めずら》しく凍《こお》り付いた。

「投獄……、ガイもか……」

ニコールの顔も、いつになく真摯《しんし》だった。

「いいか、これは明らかに王位転覆《てんぷく》を狙《ねら》った陰謀《いんぼう》だ。おまえさんの出方次第《しだい》で内乱に発展する可能性だってあり得る。

わかってるだろうが、いまさらのこのことローランドには帰れねえぞ」

数本の視線が、いっせいにアイオリアに向けられた。

彼女はさすがに笑う気力もないようで、なにごとかをじっと考え込んでいたが、

「すこし、考える時間が欲しい。……ありがとうニコール。わざわざ来てくれて」

すれ違《ちが》いざまにそう言って、彼女はひとり部屋を出ていった。その動きは、機敏《きびん》さから遠くかけ離《はな》れていた。

アイオリアの背中を人垣《ひとがき》の向こうに見送ると、リュシアンはニコールの胸《むな》ぐらを摑《つか》みあげた。

「どういうつもりだ、ニコール!!」

ニコールは戯《ふざ》けてばんざいをしてみせた。

「数年ぶりに再会した相棒に、それはないだろう」

「なにを勝手なことを！　だいたいおまえが勝手に……」

「まあまあ」

ニコールは、足元に転がしていたリュックサックをよいしょ、と持ち上げて、

「いい胡椒《こしょう》を持ってきたんだ。ひさしぶりに、おまえの好きなジンジャースープを作ってやるよ」

「なんだと!?」

リュシアンの眉間《みけん》に、ついに三本目の皺《しわ》が刻まれた。

「やはりおまえの陰謀か!?」

「……なんのことだ？」

「疫病神《やくびょうがみ》が、二人揃《そろ》ってやってくるわけだ!!」

ぷんぷん肩《かた》をいからせて立ち去った彼に、ニコールは首をひねりながら、

「あいかわらず、あいつの思考回路だけはさっぱりわからん」

袋《ふくろ》から零《こぼ》れ出た胡椒の粒《つぶ》を、ガリ、と噛《か》みつぶした。

*

しばらく独りにしてほしいというアイオリアを、ジャックは追うことができなかった。彼は

ニコールとリュシアンに連れられて、砦《とりで》内の一室、長い間使用する人の無かった団長室へ足を運んだ。

「あいつは、この砦《ヒクソス》は二度目なんだ」

水代わりのワインを喉《のど》に流し込みながら、ニコールは言った。

「二度目？……だって、オリエのやつ、そんなこと、ひとっことも……」

「シレジアの一件は知ってるな？」

ジャックはぎこちなく頷《うなず》いた。約三十年にわたってパルメニアの属国だったシレジアが、パルメニア軍の突然の侵攻《しんこう》によって侵略、併呑《へいどん》された。いまから九年前のことだ。

「そもそものことの始まりは、あいつの父親のイグナシオ前国王が、旧王族《スカルディオ》の血を引いてなかったってことだ」

「旧王族《スカルディオ》？」

まだなみなみとしたリュシアンの杯《さかずき》を奪《うば》って、ニコールは続けた。

「簡単に言うと、オリガロッドの子孫てことだな。

アイオリアは違う。あいつはこの国を征服《せいふく》したアジェンセン王の孫だ。

もともとあいつの母親は、今回の騒動《そうどう》を引き起こしたコルネリアス＝ゴッドフロアの叔母《おば》で、旧王族の一人だった。それが、旧王家と新王家の融合《ゆうごう》のため——つまり政略結婚《けっこん》ってことなんだが、一族を代表してイグナシオに嫁《とつ》いだ。それで、あいつが生まれたんだ」

すり鉢《ばち》の中にザッと胡椒を入れて、すり始める。粉になったそれをアーモンドにまぶして食べると、口の中にアーモンドの甘さとぴりっとした刺激《しげき》が同時に広がって、ちょうどいい酒の肴《さかな》になるのである。

「――それが、実はあいつの父親が、旧王族の血を引いてないってことがわかって、ことは一変したのさ」

「旧王族の血を、引いていない？」

「つまりだな……。回りくどい話になるんだが、まあ聞け。

アジェンセン王ルシードが、やすやすとこの国を征服できたのには、二つ理由がある。

一つは、アジェンセンの強大な武力。そして二つ目は、彼の王妃《おうひ》が、パルメニア国王の娘《むすめ》だったことだ」

それでも、アジェンセンによるパルメニア支配は、初めはそううまくいかなかった。

新たに王位に就《つ》いたルシードは、まず、彼らのあからさまな身内びいきに手を焼いた。旧王族の血脈は、宮廷《きゅうてい》のあらゆるところにまで張り巡《めぐ》らされていて、スカルディオ一人を罷免《ひめん》することは、宮廷の要職をすべて罷免するも同じであった。パルメニアはアジェンセンと比べものにならないくらい広く、文化も進んでいて、アジェンセンから連れてきた家臣達だけではどうにも立ちゆかない。

結果としてルシードは、スカルディオによる支配をある程度受け入れざるを得なかった。国を征服し杯《さかずき》を取り替《か》えたはいいものの、中に注ぐ酒の質を変えることはできなかったのである。

「まがりなりにも、イグナシオは旧王族の血を引いていたからこそ、パルメニアの国王の座に就くことを許されたのさ。ところがどっこい、それが、実はそうじゃなかった」

「そうじゃなかったって……。じゃあ、血を引いてなかったってことか？」

「そのとおり。アジェンセンに嫁いだ国王の娘は、偽者《にせもの》だったんだ」

ジャックはまだ青い実をかじったように、顔をしかめた。

「なんで、そんなことがわかるんだ？」

「バルビザンデが、光らなかったからな」

「バルビ…ザンデ？」

「パルメニアの王冠《おうかん》に嵌《は》められている、ダイヤモンドのことだな。エヴァリオットと同じで、光の精霊《せいれい》が宿っているといわれている。

言い伝えによると、この精霊は、国王を守護し、オリガロッドの血を引くすべてのものに祝福を与《あた》えるといわれている。これが、あの頑固《がんこ》なまでの血統主義を生んだのさ。

そのせいで、上級貴族たちは、血を薄《うす》めないために血族同士で結婚をする。いとこ同士の結婚なんてあたりまえ。ひどいところじゃ、わざわざ妹を養女に出して、兄妹《きょうだい》同士で結婚するって話だ。むろん、表沙汰《おもてざた》にはならんがね」

ニコールは胡椒の粉末のついた指を舐《な》めながら、

「ルシードが死んで、すべてが明るみにでちまった。イグナシオが王冠をかぶったとき、バルビザンデは急に光を失ったんだ。俺はその場に居合わせたがね。たしかにバルビザンデは光らなかった。イグナシオは、オリガロッドの血を引いていなかったのさ。慌《あわ》てふためいたのは、王妃の一族だろう。せっかく一族の掌中《しょうちゅう》の玉をくれてやったのに、相手はどこの下賤《げせん》な血を引いているかわからない男だった。

王妃は、毎日のように国王をなじる。辟易《へきえき》した王は別に愛人を作る。これにますます怒《いか》り狂《くる》った王妃は、一人娘《ひとりむすめ》に虐待《ぎゃくたい》を加える……」

「虐待……」

アイオリアが、幼いころはヒルデブラント侯爵家《こうしゃくけ》で育ったと言っていたわけを、ジャックはそこで初めて知った。

「この一件から、国王は完全に政治の表舞台《おもてぶたい》から姿を消した。ここぞとばかりに、旧王族の連中がしゃしゃり出てきたのさ。

やつらは考えた。このままでは、次の王位はアイオリアが継《つ》いでしまう。やつらとしては、この機会に奪われた玉座を一族の手に取り戻《もど》したい。そのためには、アイオリアの存在は邪魔《じゃま》以外の何者でもない。王族同士の政略結婚は世の習いとはいえ、次期王位継承者が、属国の、それもシレジアのような小国に嫁ぐことはまずありえない。

あいつは——アイオリアは体《てい》よく捨てられたんだよ」

そこまで言って、勢いよくワインを空にした。

リュシアンが、ようやく重い口を開いた。

「アイオリアさえ死ねば、ゲルトルードさまが跡《あと》を継ぐことになる。旧王族の連中としては、願ったりかなったりだろう。おそらく、それを見越《みこ》して、アイオリアをシレジアにやったんだ。そうとしか考えられない」

「そんなのって、あるかよ!!」

ジャックは、荒々《あらあら》しく椅子《いす》を蹴《け》って立ち上がった。

「じゃあ、なんだ。あいつは実の母親に捨てられたあげく、見殺しにされたっていうのか。そんな状態でシレジアに兵を送れば、あいつは殺されるってこと、誰《だれ》だってわかるだろう⁉

……なのに」

ジャックはニコールとリュシアンの顔を交互《こうご》に見た。二人とも黙《だま》って表情を動かさなかった。

「王族ってのは、そういうものの考え方をするんだ。おれたちには理解できんがね。おれは、前々王のルシード陛下に恩があって、少しの間宮廷に仕えたが、貴族って奴《やつ》らはどうにもこうにも胸《むな》くその悪い連中ばかりでね。嫌《いや》になって、自分からシレジア行きを願い出たのさ。まだあいつは十《とお》かそこらだったが、なんにもわかっていないようで、自分の置かれた立場を理解してたよ。あいつはこう言ったんだ。

〝おかあさまが、初めてオリエにやさしくしてくれたから〟って……」

感懐《かんかい》の鍬《くわ》で、古い記憶《きおく》を掘《ほ》り起こしながら、ニコールは言った。

「十歳の子供に、宮廷の血なまぐさい確執《かくしつ》劇が理解できるはずがない。あいつは、なぜ自分が母親に撲《ぶ》たれるのかわからなかった。とにかく、自分の髪《かみ》が黒くて、目が赤いのが悪いんだと思いこんでいた。

ところがだ。六年間ひとっつもやさしい言葉をかけてくれなかった母親が、突然《とつぜん》やってきて、あいつの手を取って、自分のためにシレジアに行ってくれないかと言う。うれしくて、その夜は眠《ねむ》れなかったと、シレジアに行く道すがら、耳にたこができるほど聞かされた」

ニコールは、まだ減ってもいないジャックの杯に、むりやりワインを注《つ》いだ。

「長い話になるぞ。酒でも飲まにゃやっとれん……。おい、リュシアン、おまえも堅《かた》いこと言ってないで飲め。忘れてやるから」

「では一杯《いっぱい》だけ」

勤勉なはずの副長は、口を付けたとたん、くいーっと水のように飲み干した。

ジャックは杯をあおる手を止めて、つぶやいた。

「……でも、あいつは生き残った」

「そうだ」

「もしかして、母親が改心して、救い出したのか？」

「そうじゃない。……そうだったらよかったんだがな」

ニコールはリュシアンに目配せをし、ほっと息をついて語りだした。

「……ここヒクソスは、対サファロニアのために立てられた東の防御線《ぼうぎょ》だ。北のシレジアとは遠く隔《へだ》たっている。

シレジア陥落《かんらく》の噂《うわさ》が聞こえてきたときには、すべてが終わったあとだった。シレジア王の家族はすべて公開処刑《しょけい》され、遺体は葬《ほうむ》ることを許されなかったそうだ。

そんな中で、あいつの夫だったミルザが、どうやってパルメニア軍の手を逃《のが》れたのかは、わからない。俺たちはこの東の果てで、入ってくる情報を鵜呑《うの》みにするしかなかった」

——リデルセンが落ちてから、半年ぐらい経《た》ったある日のことだった。砦《とりで》に、汚《きたな》らしい乞食《こじき》の兄妹が物乞《ものご》いにやってきた。乞食の兄のほうが、懐《ふところ》から騎士《きし》章を取り出してこう言った。自分は、ヒルデブラント侯爵家のゆかりのもので、イングラム子爵《ししゃく》ナリス＝オルガニーであると。

「そのとき奴が連れていた乞食の片割れが、アイオリアだったんだ」

アーモンドを弄《もてあそ》んでいた指が、ぴたりと止まった。

「なん……」

「ナリスのほうもだが、あいつの……アイオリアの変わり様はひどいってもんじゃなかった。いままで絹の服しか着たことのなかった王女様が、農奴《のうど》でもめったに着ないような、藁《わら》で編んだ上着を着てたんだ。腰《こし》の辺りまであった髪は、耳の上で切られていた。ぎすぎすに痩《や》せて、頬《ほお》の骨が透《す》けて見えるほどだったよ。一瞬《いっしゅん》、誰だかわからなかった」

「しかたがない、そうでもしないと、とてもじゃないが生き延びられなかった」

リュシアンが、杯《さかずき》を置いて言った。

「なんで……」

「都から、追っ手が出ていたんだ。王女アイオリアを見つけ次第《しだい》、捕《と》らえて殺すようにと」

ジャックが、テーブルの上でぎゅっと拳《こぶし》を握《にぎ》った。

「死体が出なかったから、もしかしたら逃《に》げ延びたかもしれないと、旧王族の連中は焦《あせ》ったんだろうな。国中に密使を飛ばして、アイオリアの行方《ゆくえ》を探《さが》させた」

初め、ナリスは実家のヒルデブラント侯爵領に向から予定だったが、アンチモンの関所前で急遽《きゅうきょ》引き返した。ヒルデブラント領には彼らを捕らえるための兵が派遣《はけん》されていたのだ。

ナリスはいったん国外へ出た後、サファロニア経由でヒクソスを目指した。

「どうやってあの冬のヒエロソリマを越《こ》えたのか……無事たどり着けたのは奇跡《きせき》としか言いようがねえな。とにかく俺が見つけたときはふたりとも極度の栄養失調で衰弱《すいじゃく》死寸前……」

「もういい」

ジャックは首を振《ふ》ってニコールの話を遮《さえぎ》った。

「もういい、わかったよ……」

沈黙《ちんもく》の砦に立てこもってしまったジャックを見て、ニコールは笑った。

「まあ、なんにせよ。あれがいまのあいつだ。いまさらなにを言っても、過去が変わるわけじゃない。これからのことは、あいつの決断に任せるしかない」

「これからのこと……？」

ニコールはスツールの向きを変えて、もう一度座り直した。

「シングレオ騎士団を率いて都へ攻《せ》め上るか、それともこのまま、向こうの突《つ》きつけてきた条件を呑《の》んで退位するか」

「そんな……！」

彼は、空になったワイン壺《つぼ》を名残惜《なごりお》しそうに見ながら、

「どちらにしたって、簡単なことじゃねえぞ。シングレオ騎士団がいくら強いってったって、所詮《しょせん》は三千の兵力だ。コルネリアスが押さえてる正規軍は一万二千。まともにぶつかっても勝ち目はない」

リュシアンも、ニコールの意見に同調した。

「四師団すべてが都にいるときとは、間が悪いな。……それとも、わざとその時期を狙《ねら》ったか」

「都を空にして押さえるのはたやすいが、コルネリアスには手持ちの兵力がない。空っぽの城を押さえたところで、あとで包囲されるだけだ。やはり、わざとと考えるべきだろうな」

「……となると、叛乱軍《はんらん》を率いてやってくるのは、ゲイリー＝オリンザということになる」

突然飛び出した友人の名に、ジャックは過剰《かじょう》反応した。

「なんでっ、なんでここにあいつの名前が出てくるんだ！」

「ゲイリー＝オリンザの娘《むすめ》が、アイオリアの愛妾《あいしょう》になっていただろう、たしか」

リュシアンの言わんとしていることを知って、ジャックは黙り込んだ。

「娘が人質《ひとじち》に取られている以上、一人でつっぱねることもできねえだろ。

その点、ナリスがアイオリアを裏切ることは考えられない。あの黒い旅団の、ヘメロス＝ソーンダイクもしかりだ。……となると、ヤツしかいない」

「ガイは、そんな奴じゃ……」

「そんな奴じゃなくても、いまは、アイオリアと自分の娘を天秤《てんびん》にかけざるを得んだろう。それが悪いと言っているわけじゃない。ただ、しかたがないんだ」

ニコールの言っている理屈《りくつ》はわかる。ガイは、アデライードのためならなんでもする男だ。もし彼女の命を盾《たて》にとって脅《おど》されれば、しぶしぶ出撃《しゅつげき》を承諾《しょうだく》する可能性も無くはない。

(戦うのか、おれが。あのガイと——!)

目の前が、ぐらりと揺《ゆ》れた気がした。

ニコールは、無精《ぶしょう》ひげが好き放題している頬を片手で撫《な》でながら、

「まあ、いまんとこ、その可能性は低いだろうな」

「えっ」

「内乱になる可能性は、低い」

リュシアンが言った。

ジャックはふたりの顔を交互《こうご》に見た。

「アイオリアは、おそらく戦うことはしないだろう」

「なんで……」

「あいつは退位するだろうよ。大公殿下《でんか》と愛妾を人質に取られて、それを無視できるやつじゃない。それに……」

彼は、ゆっくりと息を吸って、吐《は》いた。

「もともと、望んで手に入れた玉座じゃないんだ。これっぽっちも未練はないだろうさ……」

第六幕　死者の塔

ローランドは白い季節を迎《むか》えていた。

この時期、ローランドを含《ふく》む北部パルメニア四州は、もっとも過ごしやすい気候にある。春天使の告知は、南部のタクシスなどと比べて一月《ひとつき》ばかり遅《おそ》いが、三月に入りヒエロソリマを越えて吹《ふ》く風がやむと、とたんにぐっと暖かくなるのだった。

その日、巻貝《サーペンタイン》の宮の最奥《さいおう》の部屋には、数十名の貴族が顔を合わせていた。いずれも青い眼《め》を持つ四十代から五十代の男性で、身分的にもみな伯《はく》以上の爵位《しゃくい》を持つ。ほんの少し前まで、彼らは反国王派、というひとくくりで呼ばれることが多かった。だが、これからは違《ちが》う。彼らは後二十年は国政の中心にあって、国王の補佐《ほさ》をすることになるだろう。なんといっても、彼らが担《かつ》ぎ上げる新国王は、まだ生まれてもいないのである。

その新国王の父親に、祖父となるはずの男が語りかけた。

「それにしても、国王陛下が、まさかあのシングレオ騎士団におられるとは、やっかいなことですな」

名を、クロード＝ベルガモンという。コルネリアスの妻アンテローデとジュリアンの父親である。

「我々の計画では、正規軍が都に帰投している時期を狙って、陛下と大公殿下の身柄《みがら》を拘束《こうそく》するはずだった。それが、肝心《かんじん》の国王に逃げられてしまうとは……」

まだアンテローデの出産が終わっていない段階でことを起こすのは、時期尚早《じきしょうそう》だという声もあったが、彼らがこの時期を選んだのには、次の理由があった。

①アイオリアの最大の武器である正規軍四師団が、すべて都へ帰投していること。

②正規軍は大幅《おおはば》な再編制を行ったばかりであり、国王の強引な抜擢《ばってき》によって、師団内に不満の声が出ていること。

③九年前から行方不明になっていたバルビザンデが、ゴッドフロア公爵家《こうしゃくけ》の庭から見つかったこと。

アンテローデの出産を待っていれば、四師団のうちいずれかが都を離《はな》れる可能性があったのだ。

「しかも、国王はあのエヴァリオットを抜《ぬ》いたというではないか」

「そうだ。それで、ヒクソス中が、流浪《るろう》の女王を支持しておるとも聞く」

「計画の漏洩《ろうえい》の可能性は？」

バイエル公の示唆《しさ》は、その場に不穏《ふおん》な緊張感《きんちょうかん》をもたらした。

「まさか、我々の中に裏切り者がいると申されるか！」

「それは、ありえない」

皆《みな》がいっせいに声の主を見た。

いまや、反国王勢力の筆頭である、コルネリアス＝ゴッドフロア公爵であった。

「密偵《みってい》からの報告によると、陛下は大公殿下のご結婚《けっこん》にたいそうご立腹で、婚約者《こんやく》のアーシュレイ＝サンシモン伯爵《はくしゃく》と、決闘《けっとう》の約束をされたとか。

決闘といっても、サンシモン伯はご存じの通りの方だ。決闘は代理人を立てて行われる。陛下はその代理人を探しにシングレオ騎士団《きしだん》に行かれたのだ。

もし、計画が漏洩していれば、ご寵愛《ちょうあい》の愛妾をそのままローランドに残しておくはずがない。物見遊山《ものみゆさん》と称《しょう》して、大軍を引き連れてローランドを出、そのまま武力をもって我々を包囲しただろう。そうさせないために、我々は苦労して軍内に足場を築いてきたのだ」

そう言って、コルネリアスはある人物の方に視線を投げた。

男の名をコンラート＝ゲールマン子爵《ししゃく》という。彼は再編制される前に第二師団の団長を務めていた。現在は後方部隊の隊長を務めている。これは人事による、あからさまな左遷《させん》であった。

彼はアイオリアを恨《うら》み、自分の地位を奪《うば》ったジャック＝グレモロンとゲイリー＝オリンザを憎《にく》んだ。再編成が行われたのは、彼ら二人を抜擢させるためだと信じて疑っていなかったからである。

促《うなが》されて、コンラートは口を開いた。

「第一師団副長ナゼール＝ロ・シャンボーへの説得は、続けています。彼も私同様、国王に恨みを持っているはず。かならず、仲間に引き入れてみせます」

コルネリアスは頷《うなず》いた。

「お聞きの通りだ。国王を取り逃《に》がしたのは、ちょっとした手違《てちが》いにすぎない」

コルネリアスの力強い否定に、皆はほっと安堵《あんど》の息を洩《も》らした。

やがて、それに失笑《しっしょう》が加わる。

「国王陛下も、どこまでも気楽な方だ。この国の行く末など、どうでもいいように窺《うかが》える」

「まったく」

場が和《なご》んだところで、コルネリアスは今日の本題を切り出した。

「我々は流血を望んでいない。たしかにアイオリアの存在は、パルメニアにとって完治しない傷にも等しいが、かといって右腕《みぎうで》を切り落としてしまっては、他国に対して剣《けん》をふるうことはできぬ。

そこで、陛下におかれては速《すみ》やかにご退位いただけるよう、調停役を設けることにした」

テーブルの上で手を組み、ぐるりと辺りを見回す。

「してどなたが、その役に？」

コルネリアスは、厳《おごそ》かに告げた。

「グランヴィーア大公、ゲルトルード」

数十人が、いっせいに息を飲んだ気配がした。

「そ、それは……、しかし、危険ではないのか？」

裏切りを危惧《きぐ》する声を、コルネリアスはあっさりと一蹴《いっしゅう》してみせた。

「あのじゃじゃ馬を説得するのに、これ以上の適任はいまい。……ローランドには大勢の人質《ひとじち》がいる。むろん、大公殿下の、未来のご夫君もな」

冬のぐっと冷え込んだ日の青空を思わせる目に、不穏《ふおん》なきらめきが宿った。

「バルビザンデを擁《よう》するかぎり、こちらに大義名分はある。素直《すなお》にご退位いただけない場合は、正規軍をもって討伐《とうばつ》にあたることになるだろう。討伐軍の将は、ゲイリー＝オリンザにあたらせる。彼の娘は国王の愛妾だ。見せしめにはちょうどよかろう。

むろん、ゲールマン子爵にも二個師団を率いていただく」

人々は納得《なっとく》の表情で頷きあった。

「計画の成功は、もうそこまで来ている。

願わくば国王が短慮《たんりょ》をしめされぬよう、我々の神に祈《いの》ろうではないか」

コルネリアスは、場の解散を告げ、王宮の二階回廊《かいろう》に向かった。

彼はふと、回廊の途中《とちゅう》で足を止めた。

グランバニヤンの丘陵《きゅうりょう》に立つこの赤い城《エスパルダ》からは、広々とした麦の穀倉地帯が見渡《みわた》せる。その緑の海に、優美な蛇《へび》のように横たわるレマンニャの川。パルメニアの豊かさの象徴《しょうちょう》ともいうべき、美しい光景だ。

水分を多量に含んだ風が、彼の、端正《たんせい》だが無機質さを思わせる横顔を撫《な》でた。彼はふたたび、視線を赤い城へ戻《もど》した。

コルネリアスは、王宮の左翼《さよく》にあたる、六つもの塔が林立する場所へ足を運んだ。ここは別名死者の塔と呼ばれ、かつて法で裁くことのかなわぬ貴人の多くが、終生を過ごした場所であった。

中に入ると、空気は冷えて石のように冷たく、コルネリアスの嗅覚《きゆうかく》を奪った。

「あまり手荒《てあら》なことはするなと言ったはずだ」

声は決して大きくはなかったが、狭《せま》い水牢《みずろう》に反芻《はんすう》して、囚人《しゆうじん》の鼓膜《こまく》を刺激《しげき》した。

「ナリス＝イングラム将軍……」

囚人は顔を上げた。明かりの十分でない牢の中で、見事な金髪《きんぱつ》が、戸口から洩《も》れるわずかな光をはじいていた。

「どうだ将軍。一晩ゆっくりされて、考えは変わったかな」

破れたサーコウトの下に、肩《かた》から脇腹《わきばら》にかけて、大きく肉のえぐれた跡《あと》があった。楔《くさび》のついた鉄の鞭《むち》で撲《ぶ》たれたあとだ。この〝蠍《さそり》の尾《お》〟とよばれる鞭は、拷問《ごうもん》に使用されることが多く、不衛生な水牢などに繋《つな》がれれば、傷は確実に壊疽《えそ》を起こすと言われていた。

ナリスはひび割れて血の滲《にじ》んだ唇《くちびる》を、くっと歪《ゆが》ませた。

「……わたしに、陛下を売れとおっしゃるか」

「そうではない。貴公の出方次第《しだい》で、あの方のお命を救ってさしあげようというのだ」

コルネリアスは、ゆっくりと階段を下りた。

「そういえば、貴公が必死になって逃がしたあの連中……、ニコール＝ブリザンデといったか、彼らがいまごろ、アイオリアにきみのことを報告しているだろう」

ナリスの表情の変化を楽しむように、コルネリアスの視線がしきりに頰《ほお》の辺りを撫でた。

「いくらあのエヴァリオットを抜いたところで、騎士団の兵力はせいぜい三千。いくら豪傑《ごうけつ》なあの方でも、自分を慕《した》ってくれる兵を無駄死《むだじ》にさせたくはないはずだ。

あの方が、退位声明書に署名していただければ、すべては丸く収まる。

きみはあの方の侍従《じじゅう》まで務めた仲だ。きみが、それをすすめてさえくれれば……」

ナリスは水の中に唾《つば》を吐《は》き捨てた。

「反逆者が、何を言う!!」

「アイオリアは偽王《ぎおう》だ」

唾を吐き捨てたところに広がった波紋《はもん》が、すっかり消えてしまうまで、ナリスは黙《だま》っていた。

「パルメニアが星教《アンゲリオン》から離れ、独自の国教をたてて纏《まと》まるためには、血統の力が必要なのだ」

「違《ちが》う……」

「考えてもみるがいい。あの高慢《こうまん》で淫卑なイリカの坊主《ぼうず》どもと、ホルト山の高潔なヘスペリアンと。どちらが、信仰《しんこう》の対象たるにふさわしいか、火を見るより明らかなことだ。

……これは、パルメニアの民《たみ》を、星教の暴利から救うための聖戦でもあるのだ」

「違う!!」

ナリスは、水色の瞳《ひとみ》を真っ赤に血走らせて叫《さけ》んだ。

「貴方は本当は恐《おそ》れているはずだ。いくら陛下のお血筋が不明確なものとはいえ、あの方はれっきとしたパルメニア国王。天意あって、いまの地位に就《つ》かれたことに変わりはない。

その国王を弑《しい》すということが、いったいどういうことか——」

場は、水を打ったように静まりかえった。

「公爵《こうしゃく》、貴方は嘘《うそ》をついている。貴方はバルビザンデの呪《のろ》いを恐れるあまり、国王であるあの方に手出しはできない。だが、あの方が王でなくなれば、話は別だ。

貴方《あなた》は、なんとしてもアイオリアさまを玉座から引きずり下ろしたいのだ。そのために、あえてわたしを甘言《かんげん》にのせようとしている。

……その手にのるものか!!」

「黙れ、愚《おろ》かな」

コルネリアスは、さして感銘《かんめい》を受けた風もなく、ナリスを冷ややかに見下ろした。

「きみはほんとうにスカルディオか。そのような狭い視野で、大軍の将がよくも務まる……」

「抜《ぬ》き取れるものなら、そうするがいい。私はスカルディオの血などいらぬ!」

「放《ほう》っておいても、そうなるだろうよ」

ナリスの足元の、赤く染まった水を一瞥《いちべつ》して、コルネリアスは身を翻《ひるがえ》した。

「ああ、そう……」

彼はナリスに背を向けたまま、

「明日、大公殿下《でんか》がヒルステンに向かわれる。いまや反逆者となった国王陛下を、おん自ら説得してくださるそうだ」

ナリスは急いで顔を上げた。

「……なんだと!?」

「国のため、ひいてはパルメニア八百万の民のためだ。パルメニア人同士が無駄《むだ》に血を流すことはない。それが賢明《けんめい》な選択《せんたく》というものだ。説得に失敗しても、こちらには一万余の兵がある。討伐軍の将は、ゲイリー＝オリンザが務めるだろう」

ナリスは水の中で身をよじらせた。

「……彼の娘《むすめ》を盾《たて》にとって、脅《おど》したな。大義の威《い》を借る佞臣《ねいしん》め！　恥《はじ》を知るがいい！」

コルネリアスはなにも答えず、階段を上っていった。

彼は、牢の入り口に待機していた監守《かんしゅ》に、牢内の水門を開けるように言った。

「二、三度溺《おぼ》れさせておけ。頭がよく冷えるようにな」

＊

一方、反対側の塔《とう》には、アイオリアの愛妾《あいしょう》である八人の女性が捕《と》らわれていた。

もともとこの死者の塔は、初めからあったわけではない。その証拠《しょうこ》に、王宮はすべて赤い煉《れん》瓦《が》造りに統一されているにも拘《かか》わらず、この塔だけは不格好な灰色の石肌を晒《さら》している。

六つある塔の内部は、どれも貴人が住めるだけの広さがあり、折りたたみ椅子《いす》や寝具《しんぐ》など、簡単な調度品が置かれていた。最上階の部屋だけには窓があったが、人二人分の高さにある窓から逃《に》げることは、翼《つばさ》あるものでなければ不可能だった。

なにより囚人を弱らせたのは、むき出しの石畳《いしだたみ》と底冷えする寒さだった。

「ああ寒いわ。たしかここに入るまでは、薔薇《ばら》の蕾《つぼみ》を見たと思ったのに……」

第二夫人クラウディア＝ファリャ公爵令嬢《こうしやくれいじよう》が、椅子の上で身をぎゅっと縮こまらせて言った。

彼女たちはもう丸半月、太陽を見ていなかった。

「陛下はわたくしたちをお見捨てになったのかしら……」

「そんなはずないわ！」

八人の中で最も年若いアデライードが、弱気な公爵令嬢を叱咤《しつた》するように言った。

「だって……」

あの気の強いクラウディアが、半ベソをかいていた。

「大公殿下は、陛下に降伏《こうふく》をすすめに行かれたんでしょう。退位声明書に、署名をするようにって。わたくしたちは、それまでの人質《ひとじち》ってことじゃない！」

クラウディアは勢いよく鼻をすすりつつ、

「ひどいわ。ま、まだ結婚《けつこん》もしてないのに……。わたくしの白鳥の騎士《きし》さまにも、お目にかかっていないのに……」

「白鳥の騎士？」

その場にいた全員が、異口同音につぶやいた。

「わたくしの崇拝者《すうはい》よ」

ツン、と顎《あご》をとがらせて、クラウディアは言った。

「もう何ヶ月も前から、わたくしに贈《おく》り物《もの》をしてくださっているの。きっと、わたくしの花盗人《はなぬすびと》になってくださる方よ。いつもお名前だけで、まだ、直《じか》にお会いしたことはないけれど……」

「素敵《すてき》ですわねえ……」

アルバドラ三姉妹《しまい》の長女、夢見がちなミレーユが、うっとりと手を合わせて言った。

「名前も告げずになんて、いまどき珍《めずら》しいほど奥ゆかしくていらっしゃるのね」

「いったい、どんな方かしら」

「高価な贈り物をくださる方ですもの。もしかしたら、異国の王家の方かも……」

「しっかりなさって、お姉さまも、メリーも」

そう言ったのは、三姉妹の中で一番現実的な、次女のソニアだった。

「現実逃避《とうひ》も結構ですけれど、もし戦《いくさ》が始まれば、わたくしたちはもう、生きてこの塔から出られないかもしれないのよ？」

「心配ないわ」

第一夫人オクタヴィアン＝グリンディ侯爵《こうしやく》夫人が、震《ふる》えているクラウディアをそっと慰《なぐさ》めた。

「もし戦になっても、わたくしたちがすぐに殺されるようなことはないわ」

「ど、どうして……」

「一万五千の兵を動かすには、将が必要でしょう。アデライードのお父さまが、その任に当たるそうよ。わたくしたちの人質としての価値は、まだあるということでしょうね」

「ガイが……」

アデライードは、下唇《したくちびる》をキュッと噛《か》んだ。

「わたしのために、ガイはオリエと戦うのね」

「そんな……!!」

クラウディアは、アデライードを非難がましく見つめた。

「どうして、あなたのお父上が陛下と戦うの？　陛下に、陛下にもしものことがあったら——!」

「おやめなさい」

いままで黙って膝《ひざ》の上に刺繍《ししゅう》を広げていたブリジットが、このとき初めて口を開いた。

「辛《つら》いのはあなただけじゃなくってよ」

「なんですって……!」

クラウディアは涙の溜《た》まった目で、ブリジットをキッと睨《にら》みつけた。

「どうして、あなたにそんなこと言われなくちゃなら……」

「だいじょうぶ!!」

アデライードの溌剌《はつらつ》とした声は、八人の上に薄《うす》く張っていた不信の氷を、一瞬《いっしゅん》にして叩《たた》き割った。

「オリエはきっと、助けに来てくれるわ。だから、そうなったときすぐに動けるように、できるだけのことをしなくっちゃ」

「できるだけのこと？」

「そうよ。まず、体を冷やさないようにして……」

アデライードはクラウディアの手を引っ張って立ち上がらせると、

「ほら！」

と言って、ぐいぐいお尻《しり》を押しつけてきた。

クラウディアは、仰天《ぎょうてん》した。

「な、なにするのよ！」

「なにするのよ、じゃないわよ。ナネットが言ってたわ。女の人は、体を冷やすのが一番体に悪いんだって。ほら、そこの三人も！」

「えっ、わ、わたくしたち？」

「そうよ、ほらみんな、手を繋《つな》いで！」

五人がぎゃあぎゃあ言いながらおしくらまんじゅうをしているのを、フロレルは楽しそうに眺《なが》めていた。

「あなたは恐《こわ》くないの？」

オクタヴィアンが、膝を折って彼女のそばに座った。

「オクタヴィアンさま……」

「死ぬかもしれないのよ？」

フロレルは、頭《かぶり》を振《ふ》った。

「恐くはありません。わたくしは、陛下を信じています」

「陛下が助けに来てくださることを？」

「いいえ、わたくしを切り捨ててくださることです」

きっぱりと迷いのない口調で、彼女は言った。

「わたくしにとって、一番恐《おそ》ろしいのは、わたくしがあの方の足かせになってしまうことです。わたくしは、どうせ死ぬ身です。死ぬのは恐くはない。

……ほんとうは、陛下のお役に立って死にたかったけれど……」

安物の獣蠟が焦《こ》げる臭《にお》いに混じって、彼女の声は、どこかもの悲しく響《ひび》いた。

いつのまにか、おしくらまんじゅうをやめた五人が、ぱらぱらとフロレルの周りに集まってきた。

「あーあ、もう、辛気《しんき》くさいったら！」

クラウディアは、わざと大声を出した。

「ねえ、みなさま。わたくしには退屈《たいくつ》だけれど、フロレルがお好きらしいから、パルマン夫人にまた、昔語りをしていただいたらどうかしら」

ふん、と鼻を鳴らしたクラウディアを見て、フロレルは思わず笑《え》みを洩《も》らした。

クラウディアは鼻の頭を真っ赤にして喚《わめ》いた。

「な、なによ。わたくしが聞きたいわけじゃありませんからね。ただ、フロレルが馬鹿なことを言い出すから……」

「そうね」

クスクスとフロレルは笑った。彼女は、クラウディアのとげとげしい物言いを、本心に限りなく近いように翻訳《ほんやく》する術《すべ》を知っていた。

「大好きですわ。クラウディア」

そう言うと、クラウディアはどこを見ていいのかわからないという顔をした。

「さて」

ブリジットは、歯で糸を切って刺繍をしていた手を止めると、

「それではみなさま、
今夜は夜もすがら、幸福な姫《ひめ》君と白鳥の騎士にまつわる話でもいたしましょうか……」

＊

ヒクソスにあるシングレオ騎士団は、異様な熱気と緊張感《きんちょうかん》に包まれていた。

人々は、玉座を追われた女王が、シングレオ騎士団にかくまわれていることを知ると、バルビザンデを擁《よう》する反国王派に不信の目を向けた。コルネリアス＝ゴッドフロア公爵《こうしゃく》による国王の告発文は、遠いヒクソスの地にまで届いていたが、これがアイオリアの廃位《はいい》を企《たくら》んだ陰謀《いんぼう》であることは、誰《だれ》の目にも明らかだった。

アイオリアがエヴァリオットを抜《ぬ》いたことが、国王の正統性をさらに強調した。これは、バ

ルビザンデさえ握《にぎ》れば民心を得られると信じていた反国王派にとって、予想外の成り行きであったろう。彼らが主権を主張すればするほど、国王に対する人々の同情は、日に日に高まっていった。

騎士団《きしだん》はあくまで徹底抗戦《てっていこうせん》の構えをみせ、副長のリュシアン＝マルセルは入団試験を一時中断して、三月《みつき》は持ちこたえられるだけの兵糧《ひょうろう》を砦《とりで》に運び込んだ。騎士団の誰もが、アイオリアが武力蜂起《ほうき》することを疑ってはいなかったが、一月を過ぎるころには、女王の長すぎる沈黙《ちんもく》を疑問視する声も出ていた。

再三による降伏勧告《こうふくかんこく》がなされたあと、その知らせがアイオリアのもとに届いたのは、第三月に入ってまもなくのころだった。

「よう」

日が落ち、辺りが普遍《ふへん》の闇《やみ》に沈《しず》んだころ、見張り台にひときわ高い影《かげ》を見つけて、ニコールは声をかけた。

アイオリアは、北の方角を向いて、じっと考え込むように身を固まらせていた。空には月があったが、明かりとしては十分でない。月は大きく抉《えぐ》れて細く、ほとんど芯《しん》しか残っていない林檎《りんご》を思わせた。

「……ヒルステンまで、出てこい、だそうだよ」

ニコールに背を向けたまま、アイオリアが言った。

「思った通り、調停役にいとこどのを引っ張り出したらしい。こちらがなかなか動かないので、向こうもいい具合に焦げ付いたみたいだ」

そう言って、大きく空を振《ふ》り仰《あお》いだ。

月は頼《たよ》りなかったが、空には星があった。宝石箱をひっくりかえしたような、と詩人ニルス＝シニックが称《しょう》したように、さまざまな色の光が、この地上に降り注いでいる。

「……行くのか？」

アイオリアは力無く笑った。

「行くよ。わざわざ丸腰《まるごし》で出向く気はないけどね。……ジャックとガイを戦わせたくない」

「そんなに、全面的に譲歩《じょうほ》する必要はねえんじゃねえのか」

さりげなく、ニコールは用件を切り出した。

「コルネリアスが焦《あせ》ってるのは事実だろう。正規軍を押さえ、大公の身柄《みがら》を拘束《こうそく》したはいいが、肝心《かんじん》の王には逃《に》げられちまった。もちろん、おまえがシングレオ騎士団なんかにいることは、向こうは計算外だったはずだ。

しかも、エヴァリオットを抜いたせいで、いまや国中の支持がおまえに集まりつつある。向こうとしては、早々に切り札を出さざるを得んのだろうさ」

ニコールは、星を見るふりをして顔を上げた。彼の目に、アイオリアは、まだ思案の淵《ふち》に腰《こし》まで浸《つ》かっているように見えた。

「俺の騎士団は、そうへろっちくはねえぞ。どうだ。ためしに一戦やらかすってのは」

「いやに勧《すす》めるなあ。さてはリュシアンに、わたしをけしかけるよう言われて来たんだろう」

アイオリアはいたずらっぽく笑った。

「ひさびさの出撃《しゅつげき》だ。みんな血の気がありあまってるのさ」

ニコールは肩《かた》をすくめてみせた。まさにそのとおりだったからだ。

アイオリアは額に手をかざして、目を細めた。

「綺麗《きれい》だねえ」

そう言って、子供のように笑う。

「……たまに、馬鹿《ばか》なことを考えるときがある。あのとき、ローランドに戻《もど》らなければ、いまごろどうしていただろうって……」

「オリエ……」

「のこのこ戻ったら、うっかり王様になっちゃったからなぁ。ここに来る道すがら、あのとき見つけたアケビの木が、まだあったことに驚《おどろ》いたよ。あんなことがなければ、片栗《かたくり》の花なんて、食べられることすら知らなかっただろうね」

アイオリアの顔に、霜《しも》が降りるように笑顔《えがお》が消えた。

「ニコール、私はね、幼いころから、与《あた》えられることになんの疑問も持たないで生きてきたんだ。ただ、与えられたものを着て、与えられたものを食べ、なにも考えず、感じず、それでも不思議と今日まで生きてこられた」

ニコールは、そのどこか自分を責めるような口調をやんわりと受け止めた。

「そういうもんだろ。王族ってのは。なにもおまえひとりが特別なわけじゃない」

「そうだね」

でも、とアイオリアは続けた。

「わたしは、いま、そんな自分がとてもずるいと思う」

「おい……」

「だってそうだろう。あれから十年が経《た》とうとしてるのに、わたしはいまだになにひとつ選んじゃいない。国王であることすら——自分の、意思じゃない」

横顔に、松明《たいまつ》の照り返し以外のゆらめきが浮《う》かんだ。ニコールは珍《めずら》しくかける言葉に迷っていた。

「十《とお》の子供でも、わたしよりもうすこしましな決断力を持っているだろう。

わたしはね、ニコール。選ぶことが、恐《こわ》いんだ。自分の意思で、なにかを選び取ることが……

いままで、何千という兵を指揮しながら、難しい政治の話をしながら、頭のどこかで違《ちが》うことを考えていた。戦いに勝つための策を練ることはできる。民《たみ》の生活が、少しでも潤《うるお》うようにするにはどうしたらいいか、どこから税をとって、それをどこに回せばいいか。国と国とのかけひき、たくさんの宮廷《きゆうてい》の人事。それが、国主に課せられた責務だということも知っている。けど、それは全体的なものだ。兵士の望みであり、民の望み、国の望みだ。

わたしの望みじゃない」

口調に、次第《しだい》に勢いが加わる。

「もともと王なんて器《うつわ》じゃないんだ。わたしは、自分でなにかを決めるのが恐いから、彼らの理想であったにすぎない。だとすれば、国王であるということは、わたしではいられないということだ。あとどれくらいあるだろう。十年、……いや、二十年、

それとも」

永遠に、そう彼女は言った。

接《つ》ぎ木をされないままの松明の明かりは、徐々《じょじょ》に闇に押しつぶされはじめた。足元のわずかな影が削《けず》れていくのを、アイオリアは黙《だま》って見つめていた。

「もう、辛《つら》い――」

辛い。

そう、彼女が言ったのを、ニコールは初めて聞いたような気がした。

アイオリアはじっと目を瞑《つぶ》って、波のように寄せてくる闇に身を紛《まぎ》れ込ませていた。その姿はあまりに頼りなく、黒い海に漂流《ひょうりゅう》する、帆《ほ》の折れた船を思わせた。

ニコールは、胸の前で組んでいた腕《うで》をほどいた。

「初めて選び取るものが、それでいいんだな?」

ニコールは返事を待つつもりはなかった。きびすを返そうとしたそのとき、ふっと、松明の火がとぎれた。闇に飲み込まれる直前の彼女の表情を、偶然《ぐうぜん》ニコールは見ることができた。

そしてすぐさま、忘れようと思った。

第七幕　あなたさえいればいいんだ

ヒルステン州にある星湖《マリス・ミレ》は、淡水《たんすい》で良質の真珠《しんじゅ》が採れることで有名である。港町のアンズリィには宝飾《ほうしょく》職人の巨大《きょだい》なギルドがあり、ヴィスタンシアの首都アントワーヌと並んで、宝飾製品の豊富さで知られていた。

名前の由来は、そのすぐ東側に広がる三日月状の湖で、こちらが先に三日月湖《ショロップ・ミレ》と名付けられたためだといわれる。地理的な面から言えば、ちょうどパルメニアの中央に位置することから、いくつもの街道《かいどう》が分岐《ぶんき》する国内の要所の一つであった。

パルメニア国王アイオリアと、グランヴィーア大公ゲルトルードの会見は、ここアンズリィの丘《おか》で行われた。

街のすぐ後背に広がる丘に、会談用に設けられた天幕には、決められた数の兵しか配置されていない。国王アイオリア率いるシングレオ騎士団《きしだん》三千と、第二師団長ゲイリー＝オリンザ率いる一万二千の兵は、アンズリィの丘を挟《はさ》んでにらみ合うように布陣《ふじん》していた。交渉《こうしょう》が決裂《けつれつ》した際は、すぐさま戦闘《せんとう》が始まるだろう、そんな緊張感《きんちょうかん》が、重くたれ込めた雲の下に張りつめていた。

幕舎に入ると、すでにゲルトルードは席についていた。そばに数名の書記官と護衛の兵が控《ひか》えている。どちらもコルネリアスの手のものであることは明白だった。ゲルトルードが、もしなにか不審《ふしん》な態度をとれば、すぐさま交渉は中断させられるだろう。

「いとこどの……」

テーブルを挟んで、ふたりは対峙《たいじ》した。

「いとこどの、久しぶり」

そう言うと、ゲルトルードのアメジストの瞳《ひとみ》が少しだけ動いた。

「元気そうだな、オリエ」

「うん、おかげさまで」

それは、端《はた》から見れば奇妙《きみょう》な会話であった。片や玉座を追われた女王、片や正統な血筋を主張する反国王派――いまはもう、そう言わないのかもしれないが――の代表、互《たが》いに仲違《なかたが》いをしたわけでもないふたりが、いまこうして、一枚の紙切れを挟んで対峙している。

国王の、退位宣言書であった。

「なぜ、ここへ来る気になった……」

書記官が、あわただしく筆を動かし始めた。交《か》わされた会話のすべてを記録するように言われているのだろう。

「玉座を、捨てるつもりか」

「そのために、ここへ来たんだよ」

「なぜ」

アイオリアはちょっとうつむき、用意してきたような言葉を舌の上にのせた。

「わたしはこの国の禍難《かなん》の種なんだ。内乱の火種は、諸外国の付け入る隙《すき》を与える。今回は、ホークランドは傍観《ぼうかん》を決め込んでいるようだけど、これからもそうだとはかぎらない。もし、わたしが今回の騒動《そうどう》を権力の斧《おの》で切り倒《たお》しても、地下茎《ちかけい》があるかぎり、陰謀《いんぼう》の芽は絶えることはないだろう。それではなんの解決にもならない。

……そのために、パルメニア人同士が戦うなんて、馬鹿げてるよ」

それは、一見正論のように思えたが、彼女の本心とは微妙《びみょう》なずれをゲルトルードは感じた。なにが違っているというわけではない、ただ、正論を鏡で映し出したような——部分部分はまったく同じにも拘《かか》わらず、全体的に見るとまったく正反対のような違和感《いわかん》があった。

「……おまえを慕《した》っているものたちはどうなる」

正論の盾《たて》を振《ふ》りかざすなら、次に情感に矛《ほこ》をもってすべきであろう。ゲルトルードの言葉に、アイオリアは確かに言いよどんだ。

ただし、それもほんのわずかな時間だった。

「……わたしが、この退位声明書に署名をすれば、彼女たちの実家に対して、領地と家門を保障することに、コルネリアスは同意するだろう。彼女たちの実家はいずれも、宮廷に権を持たない地方領主だ。ファリャ公爵《こうしゃく》だけは別格だが、彼らを切り捨てるより、とりこむほうにコルネリアスは動くはずだ。スカルディオの血をもって——婚姻《こんいん》関係を持つことによって、彼らを血族内に引きずり込むだろう」

「そなたの言質《げんち》は、こと彼女らの保身の域を脱《だっ》していないように聞こえるな。わたしが聞きたいのは、そのようなことではない」

正論の盾に、わずかに矛の切っ先がかすめた瞬間《しゅんかん》だった。アイオリアは心をかすめられたように顔をしかめ、

「……あいかわらず、いとこどのは容赦《ようしゃ》ない」

と、笑った。

「たしかに、お花さんたちに会えなくなるのは、さびしいね」

「オリエ……」

「ねえ、いとこどの。わたしは、即位《そくい》してこの九年、あなたの言うとおりやってきた。あなたはいつか言ったね。自分は体が弱いから、この国を力強く引っ張っていくことができない。それをやるのは、オリエ、おまえの役目だと」

——それは、八年前のちょうどいまのころ、長い雨が続く晩だった。空に、何日も分厚い雨雲が蓋《ふた》をして、地上に雨の匂《にお》いが充満《じゅうまん》していた。

母親の死体が転がった部屋で、二人だけの戴冠式《たいかんしき》をした。アイオリアに王冠《おうかん》をかぶせたゲルトルードは、ドレスを払《はら》い膝《ひざ》を折って、彼女に額を差し出した。

『わが王に永遠の忠誠を』

小さな二本の指が、ゲルトルードの眉間《みけん》を軽く押した。その手を軽く取って、ゲルトルード

は手の甲《こう》に口づけた。彼女は言った。もう、どこへも隠《かく》れなくてもいいんだ。わたしが、皆《みな》いなくしてやった——

「あのときから、わたしにはあなただけだった。あなたの言うことなら、なんでもやった。あなたは熱心にわたしに言って聞かせたね。これからの外交は戦争が基本になる。より強い軍隊を作るためには、兵権を中央に集め、地方から武力をとりあげることだ。国とは猛獣《もうじゅう》のようなもの、飼い慣らすか、力ずくで服従させるかふたつにひとつだが、いまは力ずくで服従させるときだと。

あなたの語る未来は、たしかにとても魅力的《みりょく》だった。そのとおりになったら、どんなにいいかと思ったよ。だけど、いとこどの——」

アイオリアはゆっくりと首を振った。

「わたしではだめだ。あなたの理想に、ついていけなかった」

「なにを……」

「あなたはスカルディオでありながら、この国の未来にスカルディオの存在を許してはいなかった。特権階級を作らないというのがあなたの持論だからだ。特権階級を作れば、国中の富がいったんそこで止まり、彼らに富を独占《どくせん》される。実際、スカルディオの一族だと言うだけで、国庫から払われる俸給《ほうきゅう》は巨額《きょがく》なものだ。

排除《はいじょ》するためには、彼らに対立する大きな勢力が必要だった。わたしは適任だっただろう。あなたはわたしを立て、わたしの身辺に人を増やしながら、徐々《じょじょ》にスカルディオの勢力をそぎ取っていった……」

「おまえは、わたしがおまえをスカルディオを失脚《しっきゃく》させるための……、自分の野望の道具にしたと、そう言いたいのか」

声に見えざる怒気《どき》のショールがまとわりついていた。ゲルトルードは、膝の上で拳《こぶし》を握《にぎ》った。

「わたしがおまえを、利用したと⁉」

それを受け止めるアイオリアの目もまた真摯《しんし》だった。

「あなたは考える。わたしは動く。そうやって九年を共にすごして、それでもわたしには、あなただけだった。ずっと、そうやっていけると信じていた……」

「馬鹿《ばか》なことを‼」

ゲルトルードは声を荒《あら》げた。

「くだらないことを言っていないで、はやく都へ戻《もど》れ。そして、またふたりでこの国の行く末を見守っていけばいいことだろう」

「違《ちが》うよ、いとこどの。わたしが、退位すればいいだけのことだ」

いつのまにか、外で雨の音がしていた。何億という水滴《すいてき》がふたりのいる幌《ほろ》を叩《たた》き、重苦しい沈黙《ちんもく》を雑音に変えていた。

ゲルトルードは、正直アイオリアの頑《かたく》なさに驚《おどろ》いていた。そして、彼女は、思いもかけぬことを言った。ゲルトルードが、自分の政略のために彼女を利用したと、そう言っているのだ。

「馬鹿な……」

かける言葉に迷って、ゲルトルードは横を向いた。忙《いそが》しそうに手を動かす書記官と目があった。記録されている以上、言動に注意を払わねばならなかった。

「なぜそんなふうに思う。なぜ、わたしを信じない。

わたしは、おまえのため――に……」

ゲルトルードは、アイオリアを見つめた。目の前の、わずか半ボルグほどの小さな折《お》り畳《たた》みのテーブルが、永遠より遠く感じた。

「わたしのやってきたことが、おまえのためだと、なぜ信じない！」

「あなたがさきに、いらないって言ったんだ‼」

そんなふうに、この従妹《いとこ》が声を荒げるのを、ゲルトルードは初めて聞いた気がした。

「わたしはずっと言っていたのに。

いとこどの、あなたさえそばにいてくれれば、それでいいって、何度も、何度も……。

なのに、あなたは結婚《けっこん》するんだ。

あの人だって――！」

ゲルトルードははっと息を飲んだ。

（ミルザのことを、知っている⁉）

そのことを、ここで言及《げんきゅう》するのは、あまりにも危《あや》ういと思った。それに、

「わたしの……結婚だと？」

ゲルトルードは戸惑《とまど》っていた。それは、彼女自身にとって他人事《ひとごと》に等しいことだったので、

とっさになにを責められているのかわからなかったのだ。

ゲルトルードは途方《とほう》に暮れた目でアイオリアを見つめた。彼女の中の、酷《ひど》く不器用な子供が顔を覗《のぞ》かせていた。それは、いつだったか、ふたりがうんと小さいころ、バルコニーから帰ろうとしたアイオリアが、おそるおそる振《ふ》り向いて言った、そのときと同じ表情だった。――ねえ、いとこどの。また遊びに来てもいい？　頷《うなず》くと、まるで花がぱっと咲《さ》いたように頰《ほお》をほころばせて笑った――

（まさか――）

ゲルトルードは、自分がしてはならなかった過《あやま》ちを犯《おか》していたことに気づいた。

（おまえは、私に捨てられたと、そう思ったのか、オリエ）

心の臓から強く突《つ》き出された血流が、体中を駆《か》けめぐってふたたび戻ってくるまで、その沈黙は続いた。

今回の内乱の一部始終を、ゲルトルードはほぼ正確に予測していた。コルネリアスにとって、一番の脅威《きょうい》は、アイオリアが熱心に作りあげた、四師団から成るパルメニア正規軍の存在だった。いくら都を制圧しても、地方を回っていた軍隊が引き返して都を包囲すればひとたまりもない。ホークランドの援助《えんじょ》が期待できない以上、この正規軍だけはかならず押さえておく必要があった。そのために、彼らが干城府の役人にいろいろと根回しをしていたことを、ゲルトルードは見て見ぬふりをしていた。

コルネリアスが、コトを起こすのはいったいいつか。それは四師団がローランドに帰投している時期に間違《まちが》いない。すこし背中を押してやるだけで、彼は動くだろう。肝心《かんじん》なことは、そのとき、アイオリアが都にいないことだった。

正規軍に対抗《たいこう》できる兵力、そして彼女自身をもかくまえる場所に、彼女はシングレオ騎士団《きしだん》を選んだ。ゲルトルードは、アイオリアにとって、シングレオ騎士団が因縁《いんねん》浅からぬ場所であることを熟知していた。アイオリアは、かつてシレジアから逃《のが》れてきた際、追っ手から目を逃れるために、騎士団にかくまわれていたことがあった。不審《ふしん》に思われないよう、彼女は、髪《かみ》を切り男装して従士として暮らしていた。騎士団の幹部以外、誰もこのことを――彼女が、シレジアで死んだはずの王女アイオリアだと知らなかった。

アイオリアは、まだ忘れていない。忘れたい過去に真正面から向き合えるほど、まだ彼女は強くはなかった。だからこそ、回りくどいやり方で彼女を都から追い出し、シングレオ騎士団に向かわせたというのに――

だが、ゲルトルードの結婚というのは、薬を通り越《こ》して毒になってしまった。

アイオリアは、捨てられることに人一倍敏感《びんかん》なのだ。彼女の人生は、裏切られることの連続だった。母親は虐待《ぎゃくたい》を加え、父親はそれを見て見ぬふりをした。そして、祖国からも見捨てられた。もうたくさんだという想《おも》いが、彼女の中にある。だからこそ、彼女は呪文《じゅもん》のように、繰《く》り返し繰り返し言いきかせていたのではなかったか。

わたしはねえ、いとこどの。あなたさえ、そばにいてくれれば、それでいいんだ――

自分が結婚するということを知ったとき、アイオリアが受けた衝撃《しょうげき》を思って、ゲルトルードは舌打ちを禁じ得なかった。

いま、彼女は完全に、心を閉じてしまっている。正論の盾《たて》だけではなく、強固な不信の鎧《よろい》をまとってしまっているのだ。

「わたしが……、結婚をやめれば、おまえは帰ってくるのか？」

切り札を出し尽《つ》くした勝負師のような顔で、ゲルトルードは言った。

「結婚は、おまえをシングレオ騎士団に行かせるための方便だった、そう言えば、おまえはわたしのもとに戻ってくるのか？」

アイオリアが、不思議そうにゲルトルードを見た。彼女にしてみれば、そのように弱気なゲルトルードを見るのは初めてであったろう。

アイオリアは、ゆっくりと首を振《ふ》った。

「戻らない」

「何故《なぜ》だ！」

「わかるだろう。わたしはこういう人間だ。国の運命なんて、どうでもいいんだ。ただ、あなたが望むから、そうあろうとしただけだ。そんな人間に、皆《みな》が命を預けていいはずが――」

アイオリアは、卓上《たくじょう》の紙に手を伸《の》ばした。ゲルトルードは、なんとか思いとどまらせようと急いで口を開いた。

「よせ……」

書記官が目を鋭《するど》くさせるのと、ゲルトルードが、その紙をひったくるのが、ほぼ同時だった。

「やめろっ、書くな!!」

「大公殿下《でんか》!!」

ゲルトルードは椅子《いす》を立ち、アイオリアの肩《かた》をつかんで天幕の柱に強く押しつけた。

「いとこど……」

「利用したと思うなら、そう思えばいい！　すべてわたしのたくらみだったと、思いたければそれで結構！」

息を飲むアイオリアに、唇《くちびる》を突きつけるようにして、ゲルトルードは言った。

「だが、いまはおとなしく玉座にいろ。あと十年……、いや、五年でいい。それまでに、わたしがすべて片づけてやる。たとえ玉座の周りを、人血の池で覆《おお》うことになっても！」

二人の周りを数名の兵士が取り囲んだ。ゲルトルードの行動は、明らかに離反行為《りはんこうい》だった。

「大公殿下、お控《ひか》えなされませ！」

かまわず、ゲルトルードは続けた。

「おまえは、もう戻《もど》らないつもりらしいが、それなら、どこへ行くつもりだ。あの男の元に行くのか。おまえを殺そうと付け狙《ねら》っている男のもとへ、あの生きた亡霊《ぼうれい》のために、もう一度死んでやるつもりかっ!!」

「キティ……」

「……わたしを、捨てて——……」

氷の仮面が、粉々に割れる音が聞こえた気がした。剝《は》がれ落ちた仮面の下から現れたのは、ひどく頼《たよ》りなげな子供の顔だった。

ゲルトルードの肩を、兵士の誰かが摑《つか》んだ。何本もの槍《やり》が柵《さく》のように立てられ、ふたりはあっというまに引き離《はな》された。

雨が強くなった。雷神《らいじん》が光の矢をあてがって弓をひきしぼり、それが遠くに突き刺《さ》さった音がした。

「戻ってこい、オリエ!!」

数人の屈強《くっきょう》な兵士が、ゲルトルードを問答無用で幌《ほろ》の外に連れ出そうとしていた。

ゲルトルードは、離れていくアイオリアに向かって、手を伸ばした。

「戻ってこい、わたしの元へ！　オリエ!!」

もう一度、遠雷《えんらい》が鳴った。叩《たた》きつけるような強い雨足に声はかき消され、やがて、沈黙《ちんもく》とドラゴンの角の残《のこ》り香《が》だけが、そこに残った——

＊

大量の水を含《ふく》んだ灰色の雲が、雷鳴《らいめい》を合図にいっせいに雨粒《あまつぶ》を叩き出した。それはいまにも泣き出しそうだった子供が、父親に怒鳴《どな》られてついに泣き出したような光景を、ジャックに連

想させた。春の嵐《あらし》は、時たまこのような雷雲《らいうん》を呼ぶ。雨期にはまだ少しあるが、大量な雨雲が発生するので、この時期を小雨期と呼ぶところもあった。

幌の中で、まだ会見は続いていた。

兵達は、アイオリアが退位宣言書を引き裂《さ》いて帰ってくることを望んでいたが、正直ジャックはそこまで楽天的にはなれないでいた。なんといっても、敵将はあのゲイリー＝オリンザである。いままでガイを相手に戦ったことは幾度《いくど》となくあるが、今回はトーナメントとはわけが違《ちが》う。彼を相手に、兵を率いて知恵比《ちえくら》べをする気にはなれなかった。

ジャックは幌のそばの、雨よけのために立てられた簡易小屋で、オリエの帰りを待っていた。彼自身は、どんな結果になっても自分は従うだけだという妙《みょう》な安堵感《あんどかん》があった。彼だけではなく、これは多くの兵士にも言えることで、彼らにしても誰かに命令されればそのとおりに動くしかないのである。その点はガイも同じのはずだ。

ジャックのそばには、エヴァリオットが立てかけられている。オリエ以外の誰かがちょっとでもさわると、大騒《おおさわ》ぎして火の玉を吐《は》き散《ち》らすので、いまでは誰もそばに近寄らなくなっていた。

小屋の湿《しめ》っぽい空気を吸い飽《あ》きたジャックは、濡《ぬ》れるのを承知で小屋の外に出た。アンズリィの丘《おか》からは、映りの悪い鏡のような星湖《マリス・ミレ》が見えた。

「よう」

ジャックは、とっさに腰《こし》に手をかけて振り返った。

「元気そうじゃないか」

「ガイ……」

ジャックは呆然《ぼうぜん》とその見慣れた顔を見上げた。立っていたのは、ゲイリー＝オリンザだった。

「この雨だ。交渉《こうしょう》が決裂《けつれつ》しても、ぶつかるのはもうすこしあとになるだろうな」

その他人事《ひとごと》のような物言いに、ジャックはカッとなってガイの胸《むな》ぐらをつかみあげた。

「てめぇ、よくもそんな悠長《ゆうちょう》なこと……」

「おおっと、そのまま動くなよ。それ以上こっちに踏《ふ》み込んだら、おまえの喉笛《のどぶえ》をかっ切らなきゃなんなくなるからな」

ジャックは驚《おどろ》いて足元を見た。この会談が終了《しゅうりょう》するまでは、この辺りを境に、両軍が不干《ふかん》渉《しょう》であることが決められていたのだ。ジャックは、慌てて手を放した。

「どうやら楽に勝たせてもらえそうだな。おまえ相手に小細工をしないでいいのは助かるよ」

そう言って、彼は笑った。吐く息が白く濁《にご》っていた。雨のせいで、その日は朝から季節が逆行したような寒さだった。

「ガイ……、おまえ、本気で俺と戦うつもりか？」

ガイの氷色《ひいろ》の両眼に、わずかに影《かげ》が落ちた。

ジャックは、ずぶ濡れの顔をくしゃくしゃにゆがめて言った。

「……そりゃあ、わかってるよ。おまえには、アデラが大切だってこと。あの子を盾《たて》に取られたら、おまえはなんでもやるの、わかってるよ。俺だって、エティエンヌを人質《ひとじち》に取られたら、おまえと同じことを考えるよ。人殺しだって、盗《ぬす》みだってなんだってやるよ。だけどな!!」

ジャックは、周りの兵らが気色ばむのもかまわず、ガイに殴《なぐ》りかかった。

「!」

ぬかるんだ土に足を取られて、二人は泥《どろ》の上に倒《たお》れ込んだ。

ジャックの吐いた白い息が、ガイの顔面に靄《もや》のようにかかった。

「けど、おまえみたいに飄々《ひょうひょう》とはしてられない！　きっと、悩《なや》んで悩んで、最後のギリギリまで上の気が変わらないか、奇跡《きせき》でも起こらないかって、つまんないこと考えてるよ。俺がくやしいのは、……こんなにもくやしいのは、おまえがそうじゃなかったってことだ!!」

ちくしょう、そうつぶやいて、ジャックは泥も払《はら》わずに立ち上がった。

背中で、ガイがゆっくりと立ち上がるのがわかった。

雨が体中に染《し》みこんで、心まで冷えるようだった。ジャックは肩を落としたまま、もといた小屋に戻ろうとした。

ガイが背中で言った。

「たしかに俺は、おまえとアデラを天秤《てんびん》に掛《か》けたりはしない。わかりきったことだからな」

急に、辺りの温度が下がった。ジャックは、それが、わかっていても改めて聞きたくない言葉だったことに気づいた。

早々に、その場を立ち去ろうと決めた。

「だが、迷った」

ジャックの足が、そこで止まった。

「それを、おまえに言いに来たんだ」

その声は、雨をぬって届いたにも拘《かか》わらずひどく乾《かわ》いていた。

じゃあな、という声に足音が続いた。ジャックは振《ふ》り返らなかった。

青灰色のカーテンの向こうで、誰《だれ》かがこちらに走ってくるのが見えた。

「ジャック＝グレモロン!!」

息せき切って走ってきたのは、副長のリュシアン＝マルセルだった。

「交渉は、決裂したらしい」

その顔に、覚悟《かくご》をしろと書いてあった。ジャックは、いま振り向きたい衝動《しょうどう》に歯を食いしばって耐《た》えた。

「オリエは、丘を下りたきり戻ってこない。雨がやむまでまだ時間はあるだろうが、ここまできて兵を引くわけにはいくまい。

兵はその気になっている。なにがなんでも、あいつを決心させろ」

ジャックは頷《うなず》いた。

雨足はいっそう強くなり、自分の目の前さえ曇《くも》って見えた。

第八幕　あの虹の橋を

アンズリィの丘を下ったすぐのところにヒンデミア寺院はある。不妊《ふにん》の女性達の信仰《しんこう》を集めているこの寺院は、星湖《マリス・ミレ》から三日月湖《ショロップ・ミレ》へと架《か》かる虹が見られる観光名所としても有名だった。

アイオリアを追ったジャックは、この寺院ちかくに、彼女の馬が繋《つな》がれているのを見つけた。

寺院内は、雨で参拝客はほとんどなく、女達が結んでいった紙の札が、雨に破れて土の上に落ちていた。なんとなくそれを踏まないようにしながら、ジャックはアイオリアを探した。

彼女は、大きな葡萄《ぶどう》の樹の下にたたずんでいた。

「雨の日は、こうやって大きな樹の下にいるのが好きなんだ」

目を瞑《つぶ》ったまま、彼女は言った。

「なにか大きなものに、守ってもらってるって気がしてね」

その葡萄の樹は、まるで巨大《きょだい》なキノコのように、大きなドーム状の葡萄棚《だな》にからみついていた。ジャックは、その下まで歩いていって、雨がかからないことに驚いた。

「ほんとうだ……」

樹《き》の下のちょっとした空洞《くうどう》は、やわらかな温かみがあって、大きな腕《うで》に抱擁《ほうよう》されている感じがした。

　彼女は、組んでいた腕をほどいて言った。

「ごめんね」

「なにが……」

「ぜんぶ背負ってやるなんて言っておいて、この体《てい》たらくだ」

　その声は、ひたひたという雨の音に混じって聞こえた。

　ジャックは、ただ黙《だま》って口の中に溜《た》まった唾液《だえき》を飲み下した。

「わたしはね、帰らないのではなく、帰れないいんだ。ひと一人分の罪過を背負う覚悟もなく、国一つ背負うことなんてできない。国王という存在は、すべての理由になり、そこからすべてが発生するんだ。王が正しいんじゃない。王であることが正しいんだ。

　それを知ったときから、わたしは王でいることが恐《こわ》くなった」

　飾《かざ》り気のない口調だった。その硬質《こうしつ》な横顔に、ジャックはかけようとしていた言葉をすべて封《ふう》じられたような気がした。

「人間が、信仰にすがらずにはいられない気持ちがよくわかったよ。もし天に絶対的な理《ことわり》があったなら、わたしだってすがらずにはおられないだろう。誰か、わたしを裁いてくれる高位的な存在があったなら、わたしは自分をこんなにも恐《おそ》れずにすんだだろう」

　アイオリアは、ためらいなく続けた。

「王という存在は、迷ってはいけないんだ。自分自身の中に迷いを見つけては、すべてが動かなくなってしまう。だが、王だって人間だ。自分が間違《まちが》いを犯《おか》しているかもしれないという恐怖《きょうふ》感《かん》は、どこかにある。

そんなとき、神にもすがれない王が、自分の行為《こうい》に自信を持つために、それは必要なんだ」

「それ？」

「血統だよ」

ジャックは後頭部を鈍器《どんき》で殴られたような衝撃《しょうげき》を受けた。

「自分は、この国を治める正統な権利を有しているという証拠《しょうこ》であり、選ばれたものであるという事実だ」

アイオリアの声からは、どこか無機質な感じがした。

「わたしには、その〝証拠〟がない」

言って、アイオリアは黙り込んだ。あとは、ひたすら、雨の音だけがした。

ジャックは、見えない手で口を押さえられたように、なにも言えなかった。

いま、彼のそばにいるのは、彼の罪を存在ひとつで粉砕《ふんさい》してしまった力強い王ではなかった。母親に愛されず、親族からも夫からも殺されかけて、もう誰も信じられなくなってしまったひとりの人間だった。

いまは、なんて頼《たよ》りなげに見えるのだろう。

ジャックは、目を細めた。

かつて、プランターズ平原で一緒に夜明けを見たときは、彼女の剣《けん》の一振《ひとふ》りが闇《やみ》をも切《き》り裂《さ》いたと思ったのに――

「おま…が……、かわいそうだ……」

涙《なみだ》があとからあとからあふれてきて、ジャックは嗚咽《おえつ》を堪《こら》えることができなかった。

「おまえが、かわいそうだ」

「ジャック……?」

「だって、そうだろ? たしかに人間はひとりぼっちで生まれてくるのかもしれない。何かを手に入れるために、努力し続けなければいけないのかもしれない。

けど、親の愛情だけは違《ちが》う。それだけは、子供が無条件で受け取ってもいい、たったひとつのものなんだよ!!」

ほかに、なんて言ってやればいいのかわからなかった。もっと学があれば、うまい慰《なぐさ》めの言葉を見つけられたのかもしれない。むずかしい賢者《けんじゃ》の言葉を語ってやれたのかもしれない。それが、歯がゆかった。

こんなに絶望している人間を、戦場になんてひっぱりだせない。そう思った。

「ありがとう。ジャックはやさしいね」

まるで、小さい子を慰めるように、アイオリアはジャックを抱《だ》きしめた。

「わたしなんかの、まがいもののやさしさとは違《ちが》うね。人間の、一番大切な部分が純粋《じゅんすい》なままなんだ」

「まがい…もの?」

「わたしは、やさしいふりをしていただけだ。自分が、やさしくされたかったから——」

言い残すようにそう言って、彼女は雨の中へ出ていこうとした。

彼女は最後に少し、笑ったようだった。

「待てよ、オリエ！」

ジャックは涙を拭《ふ》いて、慌《あわ》ててあとを追った。

「おまえが必要だってみんな思ってるわけじゃないかもしれない。でもおまえじゃないと、だめだってやつは絶対いる！　考え直せよ！」

そんなことを言っても無駄《むだ》なことはわかっていた。だからといって、このまま黙って行かせるのはもっと嫌《いや》だった。

行かせる？……いや、そうではない。彼女は去ろうとしているのだ。

永遠に——、すべての人の前から……。

「オリエ!!」

ふたりの足が、茂《しげ》みを割った。濡《ぬ》れるのもかまわず、どんどん歩いていくアイオリアに、ジャックは必死に追いすがった。

「オリエ、行くなよ！」

ふいに——、彼女が足を止めた。

「なん……」

ジャックは驚《おどろ》いて、開けた視界に目を凝《こ》らした。

花が咲《さ》いていた。

薄紫色《うすむらさきいろ》のちいさな花が、小さくうなだれるようにして群生していた。

その花を、ジャックはどこかで見たことがあった。

たしか、シングレオ騎士団《きしだん》に向かう途中《とちゅう》、オリエが食べられると言っていた花だ。


「片栗《かたくり》の花だ……」


アイオリアは、しゃがんで、花を摘《つ》んだ。

「こんなところに、いっぱい……」

ジャックは、彼女の肩《かた》が震《ふる》えていることに気づいた。

雨が、彼女の肩を激しく打った。

「いっぱいだ……

きっと、今日はもう、おなかが——すくことはない——」

笑いながら——刻んだような笑いに肩を震わせながら、アイオリアは、片手で、目を覆《おお》った。

ジャックは急いで足元に目を落とした。足元に溜《た》まった水が、どこかへ流れ出していた。

——見てはいけないと思った。

ジャックは、どんな魔法《まほう》を使っても良《い》いから、この場から消えてやりたい気分になった。

もっと、早く気づくべきだったのだ。

――パルメニアの王位継承者《けいしょうしゃ》に生まれた王女が、片栗の花が食べられるなんて知っていることを

『……毒入りじゃなかったら、なんでもおいしいよ』

どんな状況下《じょうきょうか》に、どんな気持ちでこの花を口に入れたのかを、もっと察してやるべきだったのだ。

そして、それを彼女に教えたのは、彼女をひたむきに愛して、それをなかなか口にできないでいる、あの不器用な青年貴族に違《ちが》いなかった。

ジャックは、しばらくじっと気配を殺して、雨まじりの嗚咽を聞いていた。

……やがて、雨が彼女をいたわるように小ぶりになったころ、ジャックはようやく声をかける理由を見つけだすことができた。

彼はサーコウトの上着を脱《ぬ》いで、しゃがんでいるアイオリアの肩にかけてやった。

「風邪《かぜ》、ひくぞ」

小さく、うん、と聞こえた気がした。

彼女は、ゆっくりと立ち上がった。

ジャックは、ぎこちなさをまぎらわせるために、わざと憮然《ぶぜん》として言った。

「帰らないのか？」

「……どこへ？」

ジャックは少しムッとして言った。

「おまえが帰るところなんて、ひとつしかないだろ！」

「うん？」

「おまえが、帰りたいところだよ！」

アイオリアは、一瞬《いっしゅん》惚《ほう》けたようにジャックを見つめた。

やがて、ぷっと吹《ふ》きだした。

「やっぱり、ジャックはすごい」

「ああ？」

「好きだって言ってるの」

今度は、ジャックが惚けた顔をする番だった。

「そういえば、裸《はだか》も見られたっけ。たしか、リデルセンでもステラマルゴでも」

彼女がとんでもないことを言い出すので、ジャックは慌てて何か言おうとした。

「第二夫人が入り用になったら言ってくれ。エティエンヌとは仲良くできる自信はあるんだ」

「ば、ば、ば、なに言ってんだ、おまえ！」

「耳まで真っ赤だよ」

「うるせえ！」

それでも、彼女が小さく笑ったので、ジャックは聞き流してやることにした。

「…ったく」

ジャックは、足元の薄紫色の花に目を落とした。

彼女は、おもわぬところにこの花が咲いているのを見て、琥珀《こはく》色の思い出の中から、ちいさなひとかけらを拾い上げたに違いなかった。それがいったいなんであったかなんて、ジャックにはどうでもいいことだった。国を動かすためにはたいそうな理由がいるが、人間が生きていくのに、大義名分なんていらないのだ。誰も目に留めないようなちっぽけな思い出のために、生きている人間がいたっていいはずだった。

「ああ、雨が——、——あがるね……」


アイオリアは、手のひらで小さな雨粒《あまつぶ》を受け止めた。

ジャックは、彼女が、国王として生きていくことを決意したとは思えなかった。ただいまは、小さな感傷にすがって立っているのがやっとかもしれなかった。

それでもいい、とジャックは思う。彼女が決意をしたなら、ジャックはその後をついていくだけだ。

いつのまにか、空を覆っていた雲は薄まり、遠雷《えんらい》の音が雨のカーテンの向こうに聞こえていた。

この雨があがれば、虹《にじ》の橋がかかるだろう。

そんな気がした。

ふと、アイオリアが顔を上げた。薄っぺらくなった雨のカーテンの向こうで、誰《だれ》かがやってくるのが見えた。

「ニコール……」

彼の後ろに、リュシアンもいた。

「忘れもんだ」

そう言って、彼はアイオリアにエヴァリオットを投げてよこした。

「……ああ、忘れてた。

ごめんよ。そういえば、きみをローランドに連れていく約束だったね」

それを聞いて、ニコールはピュッと口笛を吹いた。

「なんでぇ、出来の悪い弟子《でし》を見送りに来てやったのに、もうひらきなおっていやがる」

アイオリアは、エヴァリオットを腰《こし》にぶら下げながら、

「とりあえず、都に戻《もど》る理由ができちゃったよ」

そう言うと、彼は悟《さと》り済ました顔で笑った。

「その調子だ。人生なんて、万事《ばんじ》小さな理由の数珠《じゅず》つなぎさ」

それから、ふっと真顔になった。

「いまさらやる気を出したところで、勝てる見込みはほとんどないぞ。なにせ向こうはこっちの四倍だ」

「このまま真正面からぶつかっても、全滅《ぜんめつ》するのは時間の問題だな」

そう、リュシアンも言った。

アイオリアは、しばらくなにもない一点を見つめていたが、やがて焦点《しょうてん》をニコールの顔にあててつぶやいた。

「じゃあ、奇跡《きせき》を起こすしかない」

「どうやって？」

アイオリアは、純粋《じゅんすい》にしたたかな笑《え》みを浮《う》かべた。

「虹の女神《ヒンデミア》を、たらし込むのさ」

＊

アンズリィの丘《おか》を挟《はさ》んで布陣《ふじん》した両軍は、小降りになってきた雨の中にそれぞれの旗を立て始めた。

どちらもパルメニア王旗を掲《かか》げていたが、国王を擁《よう》するシングレオ騎士団《きしだん》の陣から団旗が掲げられると、対する討伐軍《とうばつぐん》からさざ波のようなざわめきが起こった。騎士団の創設以来、シングレオ騎士団は、パルメニアの強さの象徴《しょうちょう》であり続けた。その騎士団と戦うという違和感《いわかん》が、彼らへの恐怖《きょうふ》となって、兵士らの心に泥《どろ》をなすりつけていたのである。

討伐軍の総指揮官であるゲイリー＝オリンザが騎乗《きじょう》するのを確認《かくにん》して、副指揮官のコンラート＝ゲールマン子爵《ししゃく》は、自分の馬の鐙《あぶみ》に足をかけた。コンラートは、ガイがこのままおとなしくしているはずがないと思い、彼に対する監視《かんし》の目を厳しくしていた。いくら娘《むすめ》を人質《ひとじち》にとっているとはいえ、彼が娘を見捨てて国王の元へ逃亡《とうぼう》する可能性もある。コンラートは、ガイとジャックが友人関係であることを知っており、二人が共謀《きょうぼう》して自分を陥《おとしい》れたと思いこんでいた。

彼は、自分が降格されたことばかりに固執《こしゅう》して、たいした実戦経験もない自分が、なぜ師団長の地位にいることができたかということに関して、まったく無関心だった。その点が、彼が説得に失敗した、ナゼール＝ロ・シャンボーなどとは異なるところだった。彼は、自分の再三の誘《さそ》いを断って獄中《ごくちゅう》にいるナゼールを、ものわかりの悪いヤツだと一笑《いっしょう》し、次の瞬間《しゅんかん》には記憶《きおく》の片隅《かたすみ》に追いやってしまった。

両軍はゆっくりと、アンズリィの丘のてっぺんまで前進し、その間を詰《つ》めていった。しばらくして、ガイの率いる討伐軍は、相手側の陣に翻《ひるがえ》る、荒《あら》ぶる竜《りゅう》の巻き付いた剣《けん》の紋章《もんしょう》を、はっきりと視認することができた。

旗持ちの従士達が王旗を大きく掲げると、騎士団側から歓声《かんせい》が起こった。

「パルメニアに王旗はただひとつ！」

騎士達は拳《こぶし》を突《つ》き上げて叫《さけ》んだ。

「パルメニアに王はただひとり！」

討伐軍の兵士達は狼狽《うろた》えた。自分たちは、正統な王を擁するれっきとした国軍であり、敵は三代にもわたって玉座を汚《けが》し続けてきた偽王《ぎおう》である。それなのに、なぜ、彼らはあのように歓声をあげているのだろう。そしてなぜ、自分たちが、このような後味の悪さを感じなければならないのだろう。

「パルメニアに王はただひとり！」

「国王陛下、ばんざい！」

その声はみるみるうちにふくらんで、討伐軍側の兵士達を疑心暗鬼《ぎしんあんき》の淵《ふち》につき落とした。圧倒的《あっとう》に有利な数を有しているにも拘《かか》わらず、彼らは次第《しだい》に心理的に追いつめられていった。

全軍の動揺《どうよう》はコンラートにも見て取れた。彼は司令官であるガイに、突撃《とつげき》の司令を要求した。

「司令官どの。突撃の指示を！」

だが、その声は、迫《せま》り来る声の壁《かべ》に粉砕《ふんさい》された。

「司令官どの!!」

わあっと、ひときわ高い歓声があがり、前方の騎馬《きば》隊の中から、一人の騎士が前に進み出た。

その人物は、ゆっくりと討伐軍側に馬を進ませ、単騎で丘を登ってきた。

兵士らは、目を凝《こ》らしてその人物を見つめた。

「こ、国王陛下――――！」

やって来るのは、パルメニア国王アイオリア＝メリッサ＝アジェンセン、その人であった。

馬の足が進むにつれ、兵らは徐々《じょじょ》に視界が明るくなっていくのを感じていた。

「み、見ろ！」

彼らは顔を上げた。そして、こちらにやってこようとしている国王の背後で、分厚い紫色《むらさきいろ》の雨雲が縦に割れるのを見た。巨大《きょだい》な光の鉈《なた》が空をかち割り、一瞬《いっしゅん》彼らの視力を奪《うば》った。雲はみるみるうちに左右に流れ、中から透《す》きとおった美しい青い空が顔を覗《のぞ》かせた。

雨は、レースのカーテンをあげるようにさあっと音を立ててやんだ。

「パルメニアの兵士たちよ！」

声は矢のように飛んで、丘の上にたたずむ者らに等しく降り注いだ。

「わたしを阻《はば》もうとするものたちよ！　わたしの声が、聞こえるか！」

アイオリアはぐるりと兵を見渡《みわた》した。何万という視線が、前からも後ろからも彼女の体に突き刺《さ》さった。

「かつてわたしの祖父、偉大《いだい》なる征服王《せいふくおう》ルシードは、この騎上にあって全軍を指揮し、当時鉄《てっ》壁《ぺき》と言わしめたローランドの城門をうち破った」

静かで力強い声が、兵士らの鼓膜《こまく》をくすぐった。

「強いものが弱いものを支配し、強きはまた弱きを守る。これは世の理《ことわり》であって、暴権が定めた法ではない。

かの聖戦のおり、始祖オリガロッド陛下がタルヘミタ民族を追い出し、この豊けきエオンの地を我々の手に取り戻したもうたのも、この強きが弱きを駆逐《くちく》した例である。

よって、わがアジェンセン王朝の始まりは、王位の簒奪《さんだつ》ではない！」

自らの正当性を、アイオリアは大胆《だいたん》にもその場で言ってのけたのである。

「その証拠《しょうこ》に、ルシードは生涯《しょうがい》をパルメニアに捧《ささ》げ、粉骨してパルメニアの復興に務めた。王は常にして毅《き》然《ぜん》、王の旗は風にさらされ、はためいていなければならないのだ。

なれば現在、わたしの留守に不当に都を占拠《せんきょ》し、国政を弄《もてあそ》ばんとするものたちはどうか！」

アイオリアの口調に、一段と苛烈《かれつ》さが加わった。

「彼らは自分の利を求めるあまり、玉座をまだ生まれてもいない乳児におもちゃ代わりに与《あた》えようとしている。きみたちは、歯も生え揃《そろ》わぬ赤《あか》ん坊《ぼう》のために、命を捨てることができるか！

ただ、その赤ん坊の体を流れる血に対して、頭《こうべ》を垂れることができるか。

否《いな》！」

兵士らは、背中をむち打たれたように、自然と背を伸《の》ばした。

「人は、ダイヤモンドや王冠《おうかん》に従うのではない。人は、その忠誠心を捧げるにふさわしい人格に対してのみ、従うのだ。きみたちが、わたしの体を流れる血を暴《あば》こうとするはよし。だが、わたしの血はただ縦の血統をあらわすのではなく、むしろこの美しい国を、きみたちパルメニア八百万の人民を救うために流そう。

わたしはこれより、この馬上を玉座とし、剣を王笏《おうしゃく》として生涯を生きよう。

このエヴァリオットとともに――！」

アイオリアは、腰のエヴァリオットを勢いよく抜《ぬ》き去った。

天を突いて高く掲げられた剣を、兵士らは凝視《ぎょうし》した。白い波涛《はとう》が天を穿《うが》ち、その切っ先が金色の太陽に突き刺さって見えた。

「たとえ、権力の弩《いしゅみ》に陰謀《いんぼう》の矢を以《も》ってしても、天上の星を射落とすことはかなわぬ！」

「アイオリア陛下、ばんざい!!」

その声に呼応するように、次々に彼女を称《たた》える声が続いた。

「女王陛下《パルファアス・マリス・マグダル》を、称えよ」

「わが王、アイオリア!!」

彼女が馬にむち打つと、前方に展開していた討伐軍が左右に割れた。その兵らの間を、彼女はゆっくりと馬を進めていった。

彼らは、すでに不信感の欠片《かけら》もない目で、彼らの勇敢《ゆうかん》な女王を見守っていた。

「わが王に、永遠の忠誠を！」

一人の兵士が、腰《こし》の剣を地に突き立てて、その前に膝《ひざ》をついた。それに倣《なら》って、兵士達は次々に膝を折っていった。

それは、丘の下に待機している部隊からは、大きな波が彼女に向かっていっせいに押し寄せているように見えた。

「わが王に、永遠の忠誠を！」

「忠誠を！」

人々の喚声《かんせい》は、吸い込まれるような青空に響《ひび》き渡《わた》り、しばらくの間絶えることはなかった。

この様子を、シングレオ騎士団側の部隊で見守っていたジャックとニコールは、半分あきれ、半分感心したような息を吐《は》いた。

「完璧《かんぺき》だ。非の打ち所がない」

と、ニコールは賞した。

「まったく、はったりだけで、よくもまああれだけべらべらとしゃべれたもんだ。あれは一種の才能だろうな。いや、見事なもんだ」

「あれが全部演技だなんて、信じられない」

ジャックはぽかーんと口を開けて、ことの成り行きを見つめていた。

「あいつ、さっきまで、あんなにやる気なかったのに……」

ニコールは、顎《あご》のそり残しを撫《な》でながら笑った。

「あいつのすごいところは、兵士達がなにを求めているかをほぼ正確に把握《はあく》してることだな。わざとらしく雨があがるのを見計らって出ていって、空が晴れるのさえ、演出に組み込んでしまいやがった。

ほれみろ、討伐軍《とうばつぐん》の兵士なんか、感極《きわ》まって泣いてやがる。あいつらは、奇跡《きせき》でも起こったと思ってるのさ。だが、奇跡のタネなんて所詮《しょせん》こんなもんだろう」

ジャックは頷《うなず》いた。

偶然《ぐうぜん》が必然と結びついたとき、人はそれを奇跡と呼ぶ。いま、熱狂《ねっきょう》的にアイオリアの名を呼んでいる兵士達は、雲が割れ、太陽を従えて現れた彼女を見て、奇跡が起きたのだと信じているのだ。それは、アイオリアがそれらしく振《ふ》る舞《ま》ったこともあるだろうが、それ以上に、彼らがそう信じたかったのである。

自分たちの戴《いただ》く王が、この世に、奇跡さえ起こせることを――

「ほれ、そろそろ俺たちも行くか」

憮然《ぶぜん》としていたリュシアンが、彼の従士から団旗を受け取り、それを前方に強く押し出した。

「遅《おく》れるな、シングレオ騎士団《きしだん》が遅れてローランドに入城したのでは、いい笑いものだぞ！」

三千の兵士が、いっせいにアンズリィの丘《おか》を駆《か》け上がり始めた。

丘の向こうで、ガイが待っていた。

「よう」

ジャックは、すでに血に濡《ぬ》れているオリンジアを見て瞠目《どうもく》した。

「ああ、これか？　俺の背中をしつこく狙《ねら》ってやがるヤツがいたもんで、ちょいと試《ため》し切りさせてもらったのさ」

そう言って笑ったガイは、すっかりいつもの顔に戻《もど》っていた。

ジャックは、やれやれと首の後ろを掻《か》いた。

「オリエは？」

顎をしゃくった方角に、エヴァリオットを掲《かか》げ、北西を指し示すアイオリアの姿があった。

「ローランドへ！」


——後世、アイオリアが、かの隻眼王《せきがんおう》ミルドレッドをさしおいて、パルメニア最大の覇王《はおう》と呼ばれる理由は、皮肉にも彼女が女性であったからだという説が有力である。

『兵士達は、女性の体を鋼鉄の甲冑《かっちゅう》に包み、扇《おうぎ》のかわりに剣《けん》を携《たずさ》えて戦場を駆ける女王の姿に、騎士道《きしどう》精神を刺激《しげき》されたのだ』

エヴァリオットの三代目の持ち手となったキース＝ハーレイは、のちに自叙伝《じじょでん》にこう記している。

「ローランドへ!!」

「ローランドへ!!」

熱っぽい叫《さけ》びが、一丸となって丘の上にこだました。

アイオリアは言った。

「さあ、みんなで帰ろう！」

振《ふ》り仰《あお》いだ西北の空に、まるで彼らをローランドへと導くように、七色の虹《にじ》の橋が架《か》かっていた——

第九幕　二度目の戴冠

三日続きで降り続いた雨もようやくやみ、塔《とう》の三階部分にある窓からアデライードが虹を見つけたのは、彼女達がそこに入れられて一月目《ひとつき》の朝のことだった。

風雨にさらされた石畳《いしだたみ》の上には、いくつも水たまりができている。ほかの七人は二階で、オクタヴィアンの友人——といっても情人のことなのだろうが——から差し入れられた火石で暖をとっていた。冬の雨とは違《ちが》い、春の長雨があがったあとは、降る前よりずっと暖かくなる。いまごろ、王宮の庭は、雨に散った花の花びらで白く塗装《とそう》されていることだろう。

二階に戻ろうとしたアデラは、ふと、白い鳩《はと》が窓から飛び込んでくるのを見つけた。鳩はひとなつっこくアデラの肩《かた》に止まると、くちばしに咥《くわ》えているものを早くとってほしいと顔を突《つ》き出《だ》した。驚《おどろ》いたことに、それは鍵《かぎ》だった。アデラはなぜか、それが自分たちが閉じこめられているこの塔の鍵だと直感した。

鳩の赤い足に、結び文があった。

手紙をざっと読んだアデラは、お手柄《てがら》の鳩を高く放ってやると、いそいで二階に戻った。

「大変よ！　クラウディア！」

蒼《あお》い顔で両手をこすり合わせていたクラウディアは、手紙を読むなり、歓喜《かんき》の声をあげた。

『——ゆえあって、私もいまはとらわれの身ですが、いつかは元気な姿でお会いできると信じています。

貴女《あなた》をお慕《した》いするものより』

「白鳥の騎士さまだわ！」

手紙をうっとりと胸に抱《だ》いて、クラウディアは叫んだ。

「ああ、わたくしのことを忘れないでいてくださったんだわ。ご自分の身も顧《かえり》みず、こうしてわたくしのために危険を冒《おか》してくださるなんて——！」

「素敵《すてき》ですわねえ」

「さすがは、クラウディアさまの信奉者《しんぽうしゃ》ですわ！」

「すばらしいですわ。まるで物語のよう」

意外な展開に、三羽がらすは大騒《おおさわ》ぎだ。

「とにかく」

アデライードが咳払《せきばら》いをすると、浮《う》ついたその場の空気が引き締《し》まった。

「そこに書いてあるとおりにやってみましょう。まずは地下に下りるわよ！」

＊

ローランドの閉門を告げる鐘《かね》が鳴ると、牢兵《ろうへい》はいつものように、水牢の水門を閉めに地下に下りた。

彼は外に立っていたときから、潰《つぶ》れたようなくしゃみを繰《く》り返していた。運の悪いことに、この三日間は外番を命じられ、雨に打たれっぱなしですっかり体が冷え切っていたのだ。馴染《なじ》みの女にあたためてもらおうか、それとも少しいい酒を買って帰ろうか……、貰《もら》ったばかりの給金の使い道を考えると、無骨な顔が自然とほころんだ。

牢兵は口笛を吹《ふ》きながら階段を下り、扉《とびら》を開けてすぐ、むっとするような独特の油臭《ゆしゅう》に顔をしかめた。

「なんで、こんなところに油が……？」

牢の水に、大量の油が混じっているのだ。冷えた油が所々白く浮《う》いて、水の上に鈍色《にびいろ》のいくつもの輪ができていた。彼はふと牢の中を見やり、囚人《しゅうじん》がいないことに気づくまでに約五回ほどの瞬《まばた》きを要した。

「に、逃《に》げた⁉」

松明《たいまつ》を掲げて辺りを見回したが、脱出口《だっしゅつこう》らしい穴は見つからない。牢兵は松明を持ったまま途方《とほう》に暮れた。水牢は地下にあるため、逃げようと思えば、彼らが番をしている扉を通る以外は考えられないのである。

「まさか、水門を通って逃げたのか？」

水路をのぞき込むと、なにかぼんやりと明るいものがこちらに流れてくるのがわかった。

それは、紙でできた船だった。よく見ると、船の上に、火のついた蠟燭《ろうそく》が座っている。

牢兵の見ているうちに、蠟燭が崩《くず》れて紙の船に火がついた。

「し、しまった」

牢兵が慌《あわ》てたときには、もう遅《おそ》かった。

「うわぁっ」

水牢いっぱいに溜《た》まった油に、いっせいに火が燃え移っていく。

「だ、だれか、誰かきてくれぇ!!」

牢兵は命からがらその場を逃げ出した。

闇色《やみいろ》にぬりたくられた地下室は、あっというまに、真っ赤な火の海に包まれた。

*

長い雨があがり、東の空に七色の虹が架かると、コルネリアスの妻アンテローデはふいに息を詰《つ》まらせて産気づいた。もう産み月に入っていたので予定通りだと産婆《さんば》は言い、湯を運ぶ侍女《じじょ》や祈禱《きとう》の声で屋敷《やしき》内は急に騒々《そうぞう》しくなった。

こんなとき男性は身の置き所がないもので、まだもう少しかかりそうだという産婆の言葉に、コルネリアスは王宮で報告を待つことにした。彼には、妻の身を案じるよりも先に、すべきことが山ほどあった。

ヒルステンから吉報《きっぽう》がもたらされれば、前国王のアイオリアは、現国王に反逆した罪で処刑《しょけい》されるだろう。いまだ文書上では国王であるアイオリアが、まだ生まれてもいない現国王の暗殺をたくらむというのは、なにか奇妙《きみょう》な感じがするが、そういったたぐいの奸計《かんけい》は、正式文書の日付をほんの少しいじるだけで簡単に成立するのである。

星山庁《サルゴン》から派遣《はけん》されている各聖職者を追放したのち、パルメニアはホルト山の古い信仰《しんこう》を立てて独立する。教会税を民《たみ》に還元《かんげん》することを発表すれば、彼の政策はパルメニア中から支持されることは間違《まちが》いない。

コルネリアスは、懐《ふところ》からバルビザンデを取り出すと、そっと手のひらにのせてみた。

この低き地上に、聖なる血統を中心とした、秩序《ちつじょ》ある王国が誕生するのだ。いよいよ、この国の運命が自分の手の中に落ちてくることを実感せずにはいられなかった。

——衝撃《しょうげき》は、次の瞬間《しゅんかん》にやってきた。

ずうん、という轟音《ごうおん》が辺りにこだました。回廊《かいろう》に敷《し》き詰められた石畳が、は虫類の鱗《うろこ》のように波打ち、彼は立っていられずにとっさにしゃがみこんだ。

「な、何ごとだ！」

地響《じひび》きはやむことなく、まだ続いている。まるで、神話に出てくる巨人《きょじん》がゆっくりとこちらに歩いてくるようだった。あまりにも揺《ゆ》れが酷《ひど》いので、しばらくの間、彼は回廊の柱にしがみついていなければならなかった。ホークランドの人間であれば、すわ地震《じしん》かと思っただろうが、パルメニアには活火山が一つもなかったので、誰《だれ》も噴火《ふんか》を予想した者はいなかった。

コルネリアスは、柱に手を置いたままよろよろと立ち上がった。彼の視線の先に、信じられない光景が広がっていた。王宮の右翼《うよく》にあるはずの六本の死者の塔が、まるで大きな鉈《なた》で切りたおされたように倒《たお》れていくのである。

「そんな……、馬鹿《ばか》な……！」

もうもうと立ち上る土煙《つちけむり》の中で、彼は放心してその場を動けなかった。

そのとき、

「オーホホホホホホホホホホホホホホホホホホホホホホホホホホホ」

どこか悪魔《あくま》的な高笑いが、コルネリアスの耳に飛び込んで来た。彼は暗闇《くらやみ》の中で名を呼ばれたように、おどおどと辺りを見回した。

「だ、誰だっ」

「オーホホホホホホホホホホホホホホホホホホホホホホホホホホホホホ」

その声の主は、ちょうどコルネリアスの真上にある回廊の二階部分から、このありさまを見物していた。

「やったわ。全滅《ぜんめつ》よ。壊滅《かいめつ》よ。美しいわ。すばらしいわ!!」

国王お抱《かか》えの天才建築家にして服飾《ふくしょく》評論家のリオ＝ジェロニモ氏（25）は、崩れゆく塔を見ながら手を打って喜んだ。彼は、あの無骨な石肌《いしはだ》がむきだしのままの死者の塔が大変気にくわなかったので、いかにして効果的に、かつ美しく（ここが大変重要である）ぶっ壊《こわ》すことができるか、日々研究を重ねていたのである。

今日という日を予測していたゲルトルードは、リオに命じて死者の塔に脱出口を作らせていた。彼は、前もって塔《とう》の土台部分をすべて油で固めた煉瓦《れんが》のブロックに変えてしまうと、愛妾《あいしょう》達が脱出するのを見計らって、地下の水牢へとつながる水路に、蠟燭をのせた紙の船を流した。そうすると、蠟《ろう》がとけて紙の船が燃え、一緒《いっしょ》に流し込んだ油に引火して、塔の土台部分を燃やし尽《つ》くす。土台を失った塔は簡単に崩れ、隣《となり》の塔を押し倒す結果になる。押し倒された塔は、連鎖《れんさ》的に隣の塔を押し倒す。そうやって、彼は六本の塔すべてを、いとも簡単に破壊《はかい》することに成功したのである。まさに行きがけの駄賃《だちん》であった。

彼はこの死者の塔の跡地《あとち》に、巨大《きょだい》な鉄の塔を建設する気であったのだが、それは諸事情により断念され、設計図だけが後の世に伝わっている。

「まさか、こんなことが……」

動揺《どうよう》を隠《かく》せないコルネリアスのもとへ、つぎつぎと凶報《きょうほう》が投げ込まれた。

「申し上げます。ただいま、斥候《せっこう》からの報告によりますと、シングレオ騎士《きし》団《だん》を中心とする約一万五千の大軍が、こちらに向かっているとのこと――」

使者は、土埃《つちぼこり》に咳《せ》き込みながらも続けた。

「どうやら、アンズリィにて両軍は戦闘《せんとう》に入らず、そのまま和解して合流した由《よし》」

「なに……？」

「申し上げます！」

別の使者が、コルネリアスの足元に拳《こぶし》と膝《ひざ》をついた。

「ただいま、見張り台からの報告が入り、ローランドの城門が……

　ローランドの城門が、突破《とっぱ》されたとのことでございます！」

「なんだと……！」

　今度こそ、コルネリアスはわが耳を疑った。

　崩れゆく塔と突然《とつぜん》の凶報、そのどちらもが、彼にとって甘受《かんじゅ》し得ない現実であり、彼は頭痛と吐き気《はけ》に同時に襲《おそ》われた。それは、彼がまだ小さいころ、天蓋《てんがい》の中で毛布をかぶって耐《た》えたあの感覚と同じものだった。

　彼はそっと柱から手を放すと、改めて伝令に向きなおった。

「……あの塔には、陛下の愛妾が捕《と》らわれていたはずだ。被害状況《ひがいじょうきょう》を調べさせよ。それから、王宮の門をすべて開けさせ、兵らに抵抗《ていこう》はするなと伝えてくれ」

「公爵《こうしゃく》さまは、どちらに？」

　コルネリアスはきびすを返した。それは、水の中で回遊する魚のようにきびきびとした動作だった。

　彼は、服の上から胸のバルビザンデを握《にぎ》った。

「むろん、玉座の間だ」

＊

一月《ひとつき》ぶりのローランドは、雨あがりの空だった。

クランバニヤンの丘《おか》に架《か》かる虹《にじ》を見たとき、アイオリアは、自分達が見送ろうとしている雲が、三日前ヒルステンの空を覆《おお》っていたものと同じであることに気づいた。どうやら、彼らは雲と追いかけっこをして、ローランドにたどり着いたらしい。通りの木々は、すっかり春めいた装《よそお》いを見せ、春天使が虹を滑《すべ》って無邪気《むじゃき》に遊ぶさまが見えるようだった。

頭上に、山と花が飛ぶ光景というものは、一生のうちに、そう何度も見るものではない。自分たちの上に降りかかる歓呼《かんこ》の声を、アイオリアは恍惚《こうこつ》としながら聞いていた。

「虹の女神《ヒンデミア》どころか、運命の女神《シャンテリィ》までたらしこみやがって」

アイオリアの右側を進んでいたジャックがぶつぶつ言った。

「おまえが女とバレて、シャンテリィに手ひどいしっぺ返しを喰《く》らっても知らねえぞ」

「本当にバレると思う？」

人々の歓声《かんせい》に手を振《ふ》って答えながら、アイオリアがそうつぶやいたのに対し、両脇《りょうわき》を守る騎士達は、礼儀《れいぎ》正《ただ》しく沈黙《ちんもく》でごまかした。

なんとアイオリアは、シングレオの甲冑《かっちゅう》を身にまとっていたのだ。それはずいぶんと古いものでまったく実戦《じっせん》向きではないのだが、人々の英雄《えいゆう》思想を刺激《しげき》するという、魔法《まほう》のような効果を持っていた。

シングレオの甲冑を身にまとい、エヴァリオットを腰《こし》に下げた女王を目にしたとたん、人々《し》は熱狂《ねっきょう》して彼女を迎《むか》えた。彼女がシングレオの再来であるという声は、ごく自然に生まれ、次第《だい》に熱っぽい口調で語られるようになっていた。

王宮の門は、すべて開かれていた。アイオリアは全師団の兵達にここで待機するように言うと、数名の騎士を連れてまっすぐに玉座に向かった。そこには、運命が一人の男の姿をして待ちかまえているに違《ちが》いなかった。

がらんとした玉座の間は、空虚《くうきょ》でなんの意味もないものに見えた。王というものは人を従えてこそ意味のあるものだ。その広さは、王が一人でいることの無意味さを示唆《しさ》しているようにも思えた。

そして、いままさに権力のもろさというものを実感している顔がそこにあった。

アイオリアは、躊躇《ためら》わずに彼の表情がよく見えるところまで歩いていった。

「こうして、顔を見合わせるのは久しぶりだ。ゴッドフロア公爵」

コルネリアスは黙《だま》って会釈《えしゃく》した。

アイオリアは、彼が手にしているものを見た。宝石以外はすべて純金でできたパルメニアの王冠《おうかん》。その中央に赤《あか》ん坊《ぼう》のこぶし大のダイヤモンドが――バルビザンデが光っていた。

「これを受け取られるか、王よ」

コルネリアスは、静かに言った。

「万人《ばんにん》の見守る中で、これをかぶる勇気があなたにあるか。あなたはスカルディオの血をほとんど受け継《つ》いでいない。その体に流れるのは……」

「ただの血だ」

アイオリアは短く言い捨てた。

「ただの紅《あか》い血だ。別段黄色くも蒼《あお》くもない。生きていくのに不自由はないよ」

コルネリアスは、アイオリアの腰にぶら下がっている剣《けん》に目をやった。

そして、ゆっくりと細く、肺に溜《た》まった息を吐き出した。

「正直申し上げて、私はいまでも、あなたはこの国にいてはならない存在だと思っている」

冬の、晴れた空を思わせる水色の瞳《ひとみ》が、アイオリアをじっと凝視《ぎょうし》していた。

「私がやらなくても、誰《だれ》かが同じことをしたはずだ。あなたさえいなければ、この国がここまで混乱することはなかった。

あなたはこの国の悪夢なのだ。あなたが玉座に居続ける限り、この国の民衆は五十年前の、ローランドの王城が異民族によって蹂躙《じゅうりん》された、あの日の悪夢を見続けることになる。あなたの周りにいる、自己の栄達《えいたつ》を計ろうと集まってきたほんの一部の人間は、あなたを支持するだろうが、我々は忘れない。我々はあなたを決して許すことはない」

アイオリアは、コルネリアスが熱心に舌を動かすのを、じっと見つめていたが、やがて、苦《く》笑《しょう》まじりに言った。

「じゃあ、わたしも正直に言おう。なぜ、わたしがきみを殺さなかったのか」

まるで世間話でもするような口調で、アイオリアは言った。

「わたしは、血のつながりというものにあこがれていたんだと思う。どんなに憎《にく》まれても、血がつながっているというだけで、そこに特別ななにかがあるような気がしていた。だから、貴公を殺すのを躊躇った。貴公と私は母方の従兄妹《いとこ》同士だからね。本当は、もっと早く決断するべきだった。わたしは貴公のことを、とても、いとこどのとは呼べないのだから――」

そう言ったときの、二人の顔は、面白《おもしろ》いほど対照的だった。

「わたしもね、なぜ運命の女神がわたしに微笑《ほほえ》んでくれたのか、よくわからないんだ。コルネリアス、きみのもくろみは悪くなかったと思う。星教《アンゲリオン》から独立うんぬんはさておき、教会税を民《たみ》に還元《かんげん》するというのはとても面白い。財計卿《きょう》を勤め上げたきみならではの発想だな」

コルネリアスは、アイオリアがいきなり親しげに名を呼んだことに驚《おどろ》いた。

アイオリアはさらに言った。

「それが、単純に民衆や地方領主にこびを売ることでも、彼らのためになることだったらなんでもいいんだ。

だが、きみのめざす統一国家は、残念なことに星教よりもたちの悪いものだ。

きみはスカルディオの血統を神格化しようとした。もし、きみの望み通り、王が神となる新生パルメニアが誕生したとしよう。そのためには、パルメニアは国家をあげて血統を守り続けなければならない。それはとても危険なことだ。なぜならば――」

「なぜならば、その血統が途絶《とだ》えたときに、パルメニアは滅《ほろ》びるからだ」

ふたりはほぼ同時に顔を上げた。玉座の後ろに垂れたビロードの幕の影《かげ》から、透明感《とうめいかん》のある女性の声が聞こえた。

声の主は、ゆっくりと玉座の段差を下りてきた。

グランヴィーア大公ゲルトルードだった。

「いとこどの……」

アイオリアの顔が、自然とほころんだ。

ゲルトルードは、アイオリアに向けた視線を、一瞬《いっしゅん》で引き締《し》めて、コルネリアスへと向けた。

「人間は必ず死ぬ。だからこそ、血統はかならず途絶える。その一族の滅亡《めつぼう》に、国家を巻き添《ぞ》えにしてはならないのだ。そうしないと、国家が倒《たお》れたときに、人々は同時に神をも失うことになる。それこそが、我々がしてはならない最大のことだ。

人間は神なくしては生きられない。そのために、神という存在は、人智《じんち》を越《こ》えた、不可侵《ふかしん》の存在でなければならない。決して——、ただの人間であっては、ならないのだ」

コルネリアスは、発作的に口を開いた。

「スカルディオの血脈は、絶対に絶えたりしない。永遠なのだ。その証拠《しょうこ》に、始祖オリガロッド以来二百五十年、一度として途絶えたことがないではないか！

わたしも、そして大公殿下《でんか》、あなたも、まぎれもないスカルディオのはずだ」

「そうだ」

ゲルトルードは、温度のない声で肯定《こうてい》した。

「そして、わたしたちしかいない」

その声はドライアイスのように冷たく響《ひび》き、コルネリアスの心に低温による火傷《やけど》を負わした。

「王位継承権《けいしょうけん》の発生は、現国王を中心とする七親等までと王規に定められている。グランヴィーア家・ゴッドフロア家をはじめとする、二十三もの家門が含《ふく》まれているにも拘《かか》わらず、王位継承権を持つ人間は、おまえと私を含むたった七名しかいない。

これがどういうことか、わかるか」

ゲルトルードは、コルネリアスの足元に書類の束を投げやった。それは、彼女が極秘裏《ごくひり》に調べさせていた、ここ十年におけるスカルディオの出生記録だった。

「この十年の間に生まれたスカルディオの統計だ。妊娠《にんしん》した女性の数五十二、そのうち生まれた赤ん坊が二十五、それ以外はすべて流産している。

そして、無事に生まれた子供のうち、約半分が三歳未満のうちに死亡している。生き残ったのは、我々七名だけだ。これは、きわめて異例の数値らしい」

目を見開いたまま微動《びどう》だにしないコルネリアスに、ゲルトルードはさらに続けた。

「いいか、五十二人中、たった七名だ。そんな確率でしか生き残れないほど、我々の血は弱っている。そんな濁《にご》った血が、どうして神聖などといえよう。どうして、国ひとつ背負うことができよう。神に成り代わるなど、もってのほかだ。それが、わからないのか！」

コルネリアスの手から、バルビザンデの宝冠《ほうかん》がこぼれ落ちた。それを拾おうともしないで、彼はその場で呆然《ぼうぜん》と己《おのれ》の影を踏《ふ》みしめていた

「ま、さか……」

コルネリアスの体は、言葉の槍《やり》で貫《つらぬ》かれながらも、まだその場に立っていた。それは、彼の

心が人一倍強固な鎧《よろい》をまとっていたため、致命傷《ちめいしょう》を免《まぬか》れたからに過ぎなかった。

やがて、その端正《たんせい》な顔に、焦《あせ》りが滲《にじ》み始めた。

彼は、妊娠している自分の妻のことを思いだした。

「では、アンテローデは……」

いままで口をつぐんでいたアイオリアが、労《いたわ》りかけるように言った。

「行ってあげるといい。いまさらきみは逃《に》げもかくれもするまい」

転がるように広間を出ていったコルネリアスを、数名の兵士が追いかけた。

アイオリアは、改めてゲルトルードを見やった。

「帰ってきちゃったよ」

少し照れくさそうに、彼女は言った。

「あんなに偉《えら》そうに啖呵《たんか》きったのに、なさけないねえ……」

「なさけなくてもいい」

ゲルトルードは、アイオリアに近寄って彼女を抱擁《ほうよう》した。温かい人の腕《うで》と、嗅《か》ぎ慣れた香《こう》の薫《かお》りがアイオリアを包み込み、彼女は、ようやく戻《もど》るべき場所へ戻ってこられたような気がしていた。

ゲルトルードは、少し背伸《せの》びをして、背の高い従妹《いとこ》の頭を抱《かか》え込んだ。

「もう、かくれんぼは終わりだ」

「うん……」

ゲルトルードは、コルネリアスが落としていった王冠《おうかん》を拾い上げると、アイオリアをバルコニーへと誘《さそ》った。外では、今回の遠征《えんせい》を共にした一万五千人もの兵士達が、それぞれ手持ちの剣や旗を掲《かか》げて、女王のお出ましを待ちかまえていた。

「おまえに、こうやって王冠をかぶせるのは二度目になるな」

感慨《かんがい》深げにゲルトルードが言った。それ以外に二言三言、何か言ったようだったが、それは怒濤《どとう》のような歓声《かんせい》にかき消された。

アイオリアはおもむろに、ゲルトルードの前に跪《ひざまず》いた。

ゲルトルードは、王冠を両手に持ち、厳《おごそ》かにこう宣言した。

「アイオリア＝メリッサ＝アジェンセンを、ここに神聖パルメニア王国の国王と成す。この若き女王の上に、神と王国の加護があるように。

力と、唱和を！」

アイオリアの頭上に王冠がかぶせられると、人々は熱狂《ねっきょう》して口々に叫《さけ》んだ。

「力と《ゼオン・ラ・リーブラ》、唱和を！」

「女王陛下《パルファス・マリス・マグダル》、ばんざい!!」

雲が開けたあとの蒼天《そうてん》に、二本角のドラゴンの旗が翻《ひるがえ》る。

ゲルトルードは、アイオリアの頭上にあるバルビザンデを見つめた。それはたしかに光ってはいなかったが、もし、それが光っていたとしても、それ以上にアイオリア自身の輝《かがや》きが勝《まさ》るはずだ。

彼女の思いを裏付けるように、誰も、バルビザンデを見ていなかった。
彼らの視線は、自分たちを栄光に導くであろう、この勇猛《ゆうもう》な女王の上にのみ注がれていたのである。
王国暦《おうこくれき》三三三年、初春、
アイオリア＝メリッサ＝アジェンセン、在位九年目にしての戴冠《たいかん》であった。

＊

女王の帰還《きかん》を称《たた》える声は、王宮の外郭《がいかく》にあるコルネリアスの屋敷《やしき》にまで聞こえていた。

彼が自分の屋敷に戻ると、部屋の奥から妻アンテローデの奇声《きせい》が聞こえた。

「なにごとだ！」

彼は扉《とびら》を開け、舐《な》めかけの飴《あめ》を飲み込んでしまったように、一瞬息を詰《つ》まらせた。そこには、ほうほうの体《てい》で逃げ回る侍女《じじょ》たちと、泣きながら彼女らに追いすがる妻の姿があった。

「アンテローデ、いったいどうしたのだ。子供は……」

もう何日も前から用意されていた籐《とう》製のゆりかごの中をのぞき込んで、コルネリアスは吐《は》き気《け》を催《もよお》した。

「なん……」

赤《あか》ん坊《ぼう》は、きちんとへその緒《お》を切られて、ゆりかごに横たわっていた。綺麗《きれい》な絹の産着《うぶぎ》を着せられて――アンテローデが密《ひそ》かに望んでいた、男の子だった。なにか大事なものをあの世から摑《つか》んできたのか、ぎゅっと固く握《にぎ》った両手が、シーツの上でピクピクと動いていた。ただ、その肌《はだ》の色は尋常《じんじょう》ではなかった。まるで、数日前までローランドを覆《おお》っていた雨雲のように、どす黒い色をしていた。赤ん坊は、呼吸ができなかったのだ。なぜならば――

なぜならば、赤ん坊には、顔が、なかった。

「な…ぜ、このような……」

先ほど塔《とう》が倒れたとき以上の衝撃《しょうげき》が、コルネリアスを襲《おそ》った。彼は、ゲルトルードにあの言葉を浴びせられてから、死産を覚悟《かくご》して屋敷に戻ってきた。だが、死産というだけならまあることだ。アンテローデの身さえ無事ならば、また子供は望めるだろう。そう言って、彼女を慰《なぐさ》めるつもりだった。

だが、これは――

『いいか、五十二人中、たった七名だ』

ゲルトルードの声が、もう一度頭の中で再生された。

『そんな確率でしか生き残れないほど、我々の血は弱っている。そんな濁った血が、どうして神聖などといえよう。どうして、国ひとつ背負うことができよう。神に成り代わるなど、もってのほかだ。それが、わからないのか！』

コルネリアスは、目の前に横たわっている赤ん坊が――顔のない彼の息子《むすこ》が、バルビザンデの王冠をかぶった姿を想像して嘔吐《おうと》した。自分の勝手な理想主義が、このような怪物《かいぶつ》を（彼は最後までそれを自分の子供だと認めることができなかった）作り出したのかと思うと、恐《おそ》ろしくて逃げ出したい気分だった。

彼は、動揺《どうよう》のあまり、背後に妻が立っていることに気づかなかった。

「！」

首筋に、焼けるような痛みを感じて、コルネリアスは振り返った。妻のアンテローデが、悪《あっ》鬼《き》のような形相でそこに立っていた。

「……お面を、作ってくださいませ」

アンテローデは、蚊《か》の泣くようなか細い声で言った。爪《つめ》の間が、赤い血の色に染まっていた。

彼女は、扉を叩《たた》くような仕草で、どんどんとコルネリアスの胸を打った。

「お面を……、作ってやってくださいませ。あれではわたくしの赤ちゃんがかわいそう。ねえ、お面を作ってやってくださいませ。ああ、だんなさまの顔でもよろしゅうございます。それを、貸して――」

アンテローデの手が、コルネリアスの額に伸《の》びた。彼女は彼の顔の肉をつまんで、一気にそれを剝《は》がそうとした。

「や、やめなさい!!」

コルネリアスは、思わず妻を突《つ》き飛ばしていた。

「あ――」

彼女の体はゆりかごにぶつかって、ゆりかごごと床《ゆか》に倒《たお》れ込んだ。赤ん坊は、まるで紫色《むらさきいろ》の毬《まり》のように、床の上をころころと転がった。侍女たちがあっと声をあげたが、誰も赤ん坊を拾いにいこうとはしなかった。アンテローデの手が、床の上をはいつくばってわが子を探していた。コルネリアスは動けなかった。鉛《なまり》の靴《くつ》を履《は》かされたように、微動《びどう》だにできなかった。彼の息子は、それでも必死に生きようと両手を動かしていたが、やがて、ぱったりと床の上で動かなくなった。

「きやああああああああああああああ……!!」

アンテローデが、頭を抱えるようにして吼《ほ》えた。コルネリアスはいたたまれなくなって、その部屋を後にした。何かが扉に激しくぶつかる音と、侍女達が彼女を取り押さえようとする声が、部屋の中で小さな台風のように荒《あ》れ狂《くる》っていた。

コルネリアスは、急ぎ足で自室に戻った。先ほど嘔吐したせいで、口の中が妙《みよう》に酸《す》っぱかった。吐瀉物《としゃぶつ》のついた上着を脱《ぬ》ぎ捨て、ふと、人の気配を感じて窓の方を見た。

窓に、人影《ひとかげ》があった。逆光のせいで顔がまったく見えなかった。

「死天使《クアール》――!」

彼は直感的に、それが、彼の息子を連れに来た死天使だろうと思った。庭の木が、窓の辺りまで葉を伸ばしていて、翼《つばさ》のように見えたのだ。

コルネリアスが身構えるより一瞬《いっしゅん》先に、なにか熱い鉄の棒のようなものが、彼の喉笛《のどぶえ》に突き刺《さ》さった。それが、銀色の細身の剣《けん》であることに、彼は最後まで気づかなかった。むしろ彼の魂《たましい》は、一度もこの世で産声を上げないまま死んでいった彼の息子と共に、すでに死天使の腕《うで》の中にあった。赤く染まった視界の中に、異界《ヒルデグリム》が見えた。ああ、あれは昔見た夢だ。自分がこの地上に築こうとして果たせなかった、美しい――

――違《ちが》う。

床の上で息絶える、ほんの数十秒の間に、不幸なことに、彼は気づいてしまった。

（――あれは、至上の楽園ではない。自分たちは、選ばれた人間などではなかった。あそこが、いかに美しく理想的であったとしても、体の弱かった自分やゲルトルードが、それを常に身近に感じていたのは当然なのだ。

なぜならば、あそこは――――）

彼の思考は、そこで永遠に途切《とぎ》れた。

――やがて、死天使がものうげな黒い翼をはためかせ、彼を死後の世界へと連れ去った。

第十幕 片翼の女王

春の嵐《あらし》が過ぎ去った後、ローランドは一月ばかり雨の降らない日が続いた。王宮の白い季節はあっというまに過ぎ去り、庭は今年三度目の衣装替《いしょうが》えに大忙《おおいそが》しである。四月に入ると、後宮の杏《あんず》の木が今年も大ぶりの実をつけ、ジャムを作るんだと大はしゃぎのクラウディアと、鳥達との熾烈《しれつ》な争いが繰《く》り広げられていた。

そしていま、ローランドの市民の熱い視線が注がれる中、グランヴィーア大公ゲルトルードの結婚《けっこん》を賭《か》けて、国内最大級であり、きわめて私的なトーナメントが始まろうとしていた。

「わたしのことを、一番愛しているって言ったくせに……」

アイオリアは、誂《あつら》えられた玉座の上でぶうぶうと唇《くちびる》を尖《とが》らせた。

「だいたい結婚のことは、わたしをシングレオ騎士団《きしだん》に行かせる方便じゃなかったの?」

「やかましい」

ゲルトルードに短く一喝《いっかつ》されて、アイオリアは思わず玉座の上で正座した。

「……こうなったら、絶対阻止《そし》してやるんだから。見てろよ……」

アイオリアがぎらぎらと睨《にら》みつける先には、アーシュレイ＝サンシモン伯爵《はくしゃく》が、優美だか破《は》廉恥《れんち》だかわからない格好で、寝椅子《ねいす》の上に寝ころんでいた。

ドオンという銅鑼《どら》の音が鳴《な》り響《ひび》き、続いて東西それぞれの代表が剣を手に入場してきた。東のアイオリア側の先鋒《せんぽう》は、第一師団長ジャック＝グレモロン、アーシュレイ側は、第二師団長ゲイリー＝オリンザである。

ふたりがトーナメントで手合わせするのはほぼ三年ぶりとあって、闘技場《とうぎじょう》にはトーナメントの主旨《しゅし》そっちのけの観客が山のように集まった。もちろん、彼らの部下が、それぞれ師団の威《い》信《しん》に懸《か》けて、自分たちの団長に大金を投じたのはいうまでもない。ジャックの副長ナゼール＝ロ・シャンボーは、まだ二百ファビアン返してもらっていないからという理由で、その賭博行《とばくこう》為《い》を見て見ぬふりをした。

ふたりは審判《しんぱん》からコインを貰《もら》うと、鎖《くさり》の強度を確かめてから首にかけた。トーナメントにおいては、基本的に時間は無制限で、勝敗はトーナメントコインが切れるか、剣士《けんし》のどちらかが降参するかで決まる。コインをむしり取る以外の素手は禁《す》じ手とされ、あくまで武器を中心とした技の見せあいで勝負する。そう、トーナメントとは所詮娯楽《しょせんごらく》なのだ。

ジャックが腰《こし》の二刀を抜《ぬ》き放つと、観客側から歓声《かんせい》があがった。左を下げ、右をあげて構えるのがジャックの型だ。右を大きく降り下ろすか、それとも左の突きでくるか、ガイはまずそれを見極《みきわ》めなくてはならない。なんといっても、彼は瞬発力《しゅんぱつりょく》においてジャックに大きく劣《おと》る。その分、相手が持久力に乏《とぼ》しいことは、数年間相棒を務めた間柄《あいだがら》、百も承知である。

ガイが同じように腰の剣を抜き、頭の上でそれを一本にすると、またもや歓声があがった。

「いざ！」

審判が赤と青の旗を挙げる。

「天の神、わが王もご照覧あれ！」

旗が振《ふ》り下ろされるのを見届ける間もなかった。

ジャックが振り下ろした右の剣を、ガイのオリンジアが力強く受け止めた。だが、攻撃《こうげき》はそれでやんだわけではない。ジャックはそれを軽く受け流すと、さらに右で突いて出た。ガイのオリンジアが半円を描《えが》いた。びうんという音と風が生まれた。力負けをしたジャックの上体が少し右へ流れた。ガイはそれを見のがさなかった。

オリンジアの刃《は》が、大きく一回転した。観客席からは、まるで巨大《きょだい》な車輪がジャックをひきつぶしたように見えた。だが、ジャックは立っていた。とっさに二本の剣を交差させてオリンジアを受け止めた。

そのまま、ふたりはじりじりとにらみ合った。

「よう、腕が鈍《にぶ》ってるぞ」

ガイが、整えた息の隙間《すきま》から、そう言葉を吐《は》いた。

「女房《にょうぼう》にかまけすぎて、腰のほうが弱ってんじゃねえのか」

「るせえ、おまえと一緒にすんな」

そう吐き捨てたジャックだったが、ふと思いついたようにニヤリと笑った。

「あー、そうか。おまえはそんなこともないもんな。さすがに自分の娘《むすめ》に手ェ出すのは、気が引けるってか」

珍《めずら》しく、ガイが狼狽《うろた》えた。

「お、おまえっ」

「聞いてるぞ。おまえ、オリエに言ったんだって？　アデラは、俺にとってよそ行きの服みたいなもんだ。汚《よご》れるのが恐《こわ》くて、なかなか外に着ていけないって……」

少なくとも、ガイが耳まで真っ赤になるのを、ジャックは初めて見たような気がした。

「いくらよそ行きでも、簞笥《たんす》の肥やしはどうかと思うよ」

「黙《だま》れっ、この、年増趣味《しゅみ》が!!」

ガイが激高《げっこう》した。

「俺に黙って勝手に結婚なんかしやがって。しかも、相手は子持ち、実家に帰りゃあ肩身《かたみ》の狭《せま》い婿養子《むこようし》ときてる。そんなに逆タマがよかったのかよ！」

「なんだとぅ！」

ジャックも負けず劣《おと》らず言い募《つの》った。

「おまえこそ、あんなに大きな娘がいるなんて、俺に全然言わなかったじゃねえか。それが、結局自分の育てた娘に惚《ほ》れちまっちゃあ、世話ねえな。女好きが聞いて呆《あき》れるぜ」

この辺りから、だんだん雲行きが怪《あや》しくなってきた。

「年増趣味！」

「なんだと、やるか⁉」

「望むところだ‼」

呆気《あっけ》にとられている人々を後目《しりめ》に、ふたりは武器を投げ捨てると、とっくみあいのケンカを始めた。

貴賓《きひん》席で、並んで試合の様子を観戦していたエティエンヌとアデライードは、

「……大人げない」

と、呆れたように溜《た》め息《いき》をついた。

約一万人の観客が見守る中、ふたりはむりやり引き剝《は》がされ、即刻《そっこく》退場処分となった。もっとも、退場になってからも乱闘《らんとう》は続いたようで、ふたりは仲良く堀《ほり》の中に突《つ》っ込み、次の日揃《そろ》って風邪《かぜ》をひいた。

場の混乱がおさまったのを見計らって、次の組が入場してきた。

「赤！　ニコール＝ブリザンデ」

ニコールの名が呼ばれると、観客席の一番前の席を陣取《じんど》っていた不気味な集団から唸《うな》り声があがった。

「うおおおおおおお‼　アニキ‼」

「アニキ！」

「ステキ！」

「ムテキ！」

……妙《みょう》なかけ声も聞こえてきた。

対して、青側のリュシアン＝マルセルの名が呼ばれると、シングレオ騎士団の、とくに美々しい面子《メンツ》から黄色い声があがった。

「きゃあああああ!!」

「副長!!」

「がんばってぇ～!!」

それぞれの応援《おうえん》をよそに、元シングレオ騎士団団長を主張するニコール＝ブリザンデと、あくまで団長代行を主張するリュシアン＝マルセルは、顔をつきあわせるなり険悪な情況《じょうきょう》に陥《おちい》っていた。

「ニコール、おまえとは、いちどきっちり話し合わなければならないと思っていた」

ここが話し合いをする場でないことを千里の彼方《かなた》に追いやって、副長は続けた。

「あの日、おまえは、私の気持ちも知ろうともしないで、あれを強引《ごういん》に押し進めた。おまえはいつだってそうだ。自分のやりたいようにやって、いらなくなればああやってすぐに捨てる。おまえの中で、私とのことはすべて過去なのか。おまえは結局、そんなやつだったのか!!」

まるで痴話喧嘩《ちわげんか》だ。彼は、普段《ふだん》は理詰《りづ》めで話すものの、興奮すると大量に指示語を使うという癖《くせ》があった。

ニコールは焦《あせ》った。

「ちょっ、待った。おまえ、その言い方はなにか違《ちが》う。もっとちゃんと具体的に言え。あのこと、とかあの日とか言うな！　誤解を招くぞ」

「この浮気者っ！」

「それが誤解を招くって言ってんだ！」

リュシアンは薄茶《うすちゃ》色の両眼をぎらつかせながら、

「勝手に騎士団《きしだん》を飛び出しておいて、いつまでたっても戻《もど》ろうとしない。連絡《れんらく》もよこさない。心配して使者をやってみれば、あの強暴なコックの集団にからまれて、泣きながら帰ってくる。一体これは、どういうことだ！」

「だからさ、俺はとっくに除隊願いを出してるっつってんだろ」

ニコールは腰に手を置いて言った。

「騎士団にしても、もうおまえが取り仕切ってんだから、おまえの好きにやりゃあいいじゃないか」

「そんな言いわけが通用すると思うのか！」

ピシィッ。

リュシアンが鞭《むち》をふるった。ニコールは反射的に一歩後ずさった。昔から、この鞭の音だけは彼は苦手なのだ。

「おまえは、一度も私に頼《たの》むと言わなかったじゃないか！」

ニコールはあっさり頭を下げた。

「すまん、悪かった。許してくれ。あとは頼む」

リュシアンは、さらに鞭をふるった。

「いまさら、それですむと思っているのか！」

「じゃあ、どーすりゃいいんだよ!!」

「なにやってんの、あいつらは……」

ゲルトルードに耳掃除《みみそうじ》をしてもらっていた彼らの主君が、やや呆れたようにつぶやいた。

案の定、待ちくたびれた観客からも、野次が飛び始めた。

「いつまで待たせやがるんだ」

「そうだ、早くやれ。こっちは忙《いそが》しいんだ」

ふたりは、ほぼ同時に観客の方を向いてこう言い放った。

「やかましい。失《う》せろ!!」

リュシアンは鞭の先をつまむと、ぴしっと引っ張りながら、

「おまえの、そのいい加減な根性をたたきなおしてやる」

と、突然《とつぜん》調教師のようなことを言い出した。

「ちょ、まっ、リュシアン！　待てって！」

「問答無用！」

これを黙って見ているわけにはいかないのが、ニコール至上主義のコック軍団である。

「アニキが危ない!!」

彼らは、アニキ・ステキ・ムテキを合い言葉に、観客席の柵《さく》を乗り越《こ》えて場内に乱入してきた。

「ミンチミンチミンチミンチ!!」

これに負けてはいられないとばかり、リュシアンの私設親衛隊も剣《けん》を片手に乗り込んだ。

「副長を、あの美しくない集団からお救いせよ！　さん、はいっ」

「清く」

「正しく！」

「美しく!!」

……それ以降は、場内外入り乱れての大乱闘になった。

彼らの主君は、あくびをかみ殺しながら様子を見守っていたが、やがて、伝令を呼んで、

「つまみ出して」

と、短く言った。

挽肉《ひきにく》量産部隊と超絶《ちょうぜつ》美形親衛隊がまとめて場外へつまみ出されたあと、観客は、今度こそまともな試合が行われることを適当な神に祈《いの》った。

はたして、彼らの期待を一身に背負って現れたのは、銀騎士とも誉《ほま》れの高い、第三師団長ナリス＝イングラムであった。

対する、青の旗が振《ふ》られた。

「青！　ヘメロス＝ソーンダイク！」

それが、黒い旅団と噂《うわさ》されている第四師団長の名前と知って、人々は声を張り上げて歓迎《かんげい》の意を表した。銀騎士と旅団長の一騎打《いっきうち》など、滅多《めった》に見られるものではない。

人々は、固唾《かたず》を呑《の》んでヘメロス＝ソーンダイクが現れるのを待った。

「お、おい……、あれ……」

いちはやく異変に気づいた人々が、闘技場《とうぎじょう》に現れた彼を指差した。

「あれ、なんか変じゃないか？」

「あれって、まさか……」

貴賓席でいち早くそれに気づいたのは、第二夫人クラウディア＝ファリャ公爵令嬢《こうしやくれいじょう》であった。

「陛下だわ。陛下がどうして、闘技場に——！」

彼女達は、貴賓席のあるバルコニーから身を乗り出した。

三羽がらすが、口々に叫《さけ》んだ。

「まさか陛下は」

「大公殿下《でんか》を、手に入れるために」

「ご自分で、戦われるおつもりなの!?」

貴賓席で憮然《ぶぜん》としていたゲルトルードは、空っぽの玉座を横目に、

「あの、ばかものが……」

と、片手で額を覆《おお》った。

一方、白いサーコウトに身を包み、颯爽《さっそう》と現れたアイオリアに、ナリスは仰天《ぎょうてん》した。

「へ、陛下。なぜ、ここに……」

腰《こし》にぶら下げているエヴァリオットが、国王の所在を声高《こわだか》に告げている。

アイオリアは、ゆっくりとエヴァリオットを引き抜《ぬ》きながら、

「いとこどのの結婚《けっこん》が懸《か》かっているんだ。いくらナリスでも、手加減はしないよ」

剣を大振《おおぶ》りに構え、その切っ先を軽くつまんだ。

「わが守護シャンテリィも、ご照覧あれ、いざ！」

「ちょ、ちょっと待ってください。陛下……うわっ」

ナリスが剣を抜くまもなく、アイオリアはかるく剣を振り下ろした。

「ほらほら、どうした。銀騎士の剣が錆《さ》びついているぞ」

右に左に振られるのを、身を引いてかわすのがやっとである。ようやく、隙《すき》を見つけて抜刀《ばっとう》すると、ナリスはアイオリアの剣を楽々と受け止めた。

「本気にしますよ」

アイオリアは、にやっと笑った。

「エヴァリオットとお遊びで打ち合えるなど、そうめったにない機会だぞ。かかってこい!!」

「では、遠慮《えんりょ》なく！」

振りかぶった一撃《いちげき》は簡単に受け流された。チッと舌打ちして、アイオリアは、今度はななめに打ち込んでみた。あともうちょっとのところで、上からたたきつけるような防御《ぼうぎょ》が入った。

切っ先が、ほんの少し、ナリスのコインに触《ふ》れたのがわかった。

さすが、魔法銀《まほう》でできているだけあってエヴァリオットは軽い。それどころか、どんな石でもまっぷたつにしてしまうほどの強度を持っている。

「おまえと打ち合うのは久しぶりだ」

「えっ……?」

ナリスの顔の表情が、ふっとゆるんだ。その隙をつくように、

「ひさしぶりだと、そう言ったんだ!」

キィン!

鋭《するど》い金属音が、天を穿《うが》つ。
二、三度打ち合ったあと、アイオリアはすこし間を取って息を整えた。ナリスは手首で剣を揺《ゆ》らすようにしながら、じりじりと間合いを詰《つ》めた。よく舞《ま》うような、と形容される、彼独特の型であった。その時々によって、刃《は》がどちらに向いているのかわからないので、次の攻撃《こうげき》が読みにくいのだ。ナリスの手で操《あやつ》られる剣は、まるで銀色の鞭のようにしなやかだった。
ナリスの小さな突《つ》きを半身引いて避《よ》け、アイオリアはすかさず袖《そで》の内側に落としていたナイフを投げた。ナリスは、急に腰を落としてナイフをかわした。ナイフは、ナリスの左耳ギリギリをかするように飛んでいった。

彼はその低い姿勢のまま、アイオリアの懐《ふところ》に飛び込んでいこうとした。

「!」

アイオリアは、まるで突っ込んでくる馬をかわすようにマントを翻《ひるがえ》し、側面から剣を打ち込んだ。少々無理な体勢だったが、ナリスがかろうじてそれを受け止める。刃がかちあったまま、数秒が過ぎた。力比べではさすがにアイオリアに分はない。じりじりと後退せざるを得なかった。

刃を離《はな》すと、ふたりは息を整えるために、構えて向き合った。

「騎士団《きしだん》に行く途中《とちゅう》、片栗《かたくり》の花を、食べた」

ナリスの顔が、今度はこわばった。

「おいしくなかったよ。

……おいしく、なかった……。どうしてかな。忘れていたんだ」

「陛下……」

「今度また、いっしょにヒエロソリマを越えようか？」

「え――」

彼女が、さりげなく左手に剣を持ち替《か》えたことに、目の前にいたナリスは気づかなかった。

「!!」

それは、鋭い一撃ではなかった。ナリスの剣は、的確にエヴァリオットを捉《とら》えていた。だが、アイオリアがナリスの剣を受けたのは左手だった。そのとき、彼女の右手は、ナリスの胸元《むなもと》で踊《おど》るコインを摑《つか》んでいた。

観客には、まるで、アイオリアがナリスの胸に飛び込んでいったように見えただろう。

ふたりは、もつれ合って土の上に突っ込んだ。呆然《ぼうぜん》とするナリスの目の前に、いたずらっぽく笑うアイオリアの顔があった。

そして、コインは引きちぎられた。

「勝利!!」

わあああああっという歓声《かんせい》が、闘技場内を包み込んだ。

アイオリアは、エヴァリオットを鞘《さや》に戻《もど》すと、まだ放心しているナリスをほったらかしに、三段とばしで玉座に駆《か》け上がった。

「いとこどの!!」

息せき切って、彼女はゲルトルードに駆け寄った。

「いとこどのも見ただろう? わたしが勝ったんだ。ちゃんと、正々堂々と勝負して、わたしが勝った。もう誰《だれ》にも文句は言わせないよ」

あれのどこらへんが正々堂々なのか疑問が残るところだが、興奮状態の国王さまはそれどころではなかった。

アイオリアは、ゲルトルードに向かって、大きく腕《うで》を広げた。

「これで、ずーっといとこどのと一緒にいられる。ね、わたしと結婚しよう。いとこど……」

ぺち。

それはどちらかというと、叩《たた》いたというより撫《な》でたに近かったが、叩かれたものにとっては、棍棒《こんぼう》で殴《なぐ》られるよりも衝撃的《しょうげきてき》だった。

ゲルトルードの右手が、アイオリアの頬《ほお》で静止していた。アイオリアは、何が起こったかわからないという顔で、ゲルトルードを見ていた。それは、赤《あか》ん坊《ぼう》が生まれて初めて母親の顔を見たときの、あのあけっぴろげな表情に似ていた。

「い……とこど……」

アイオリアのオレンジ色の両眼が、はや潤《うる》み始めていた。大雨になるのを予感しながら、ゲルトルードはやさしく、そして容赦《ようしゃ》のない一言を吐《は》いた。

「あまりわたしを、困らせるな」

アイオリアの頬がぴくぴくと動いた。母親に怒《おこ》られて、必死で泣くのを我慢《がまん》している小さな子供のようだった。

「だ、だって……、いとこどの、わたしに言ってくれたじゃないか……。も…かくれんぼは終わりだって……。ずっと、そばにいてくれるって……

結婚は、うそだったって……

そ……」

ぽろりと大粒《おおつぶ》の涙《なみだ》が頬に落ちた。

ゲルトルードは、ゆっくりと頭《かぶり》を振《ふ》った。

アイオリアは息を引きつらせた。

「そ、そんな、やだ、やだやだやだやだ……。いとこどのが結婚なんて、ぜったいにやだ。やだあああああああああ!!」

ゲルトルードの袖口《そでぐち》を摑んで、ぴーぴー泣き出した国王陛下に、一同は呆《あき》れ、そしておもむろにぞろぞろと彼女を取り囲んだ。

国王の権威《けんい》を守るために、いまは壁《かべ》とならねばならなかった。

＊

アイオリアの涙目のような太陽が、夜の神に誘惑《ゆうわく》されて臥所《ふしど》に黒い帳《とばり》を下ろすと、空には寝《ね》取《と》られ男の月が、行くあてもなくふらふらとさまよっていた。

占星術《せんせいじゅつ》の盛んなパルメニアでは、人々は毎日のように空を見上げ、星の位置を確認《かくにん》して一喜《いっき》一憂《いちゆう》する。ナリス＝イングラムは、あまり神話に造詣《ぞうけい》が深くはなかったが、その月がなんだか自分のように思えて、いたたまれずに空を見上げるのをやめた。

太古の昔、まだヒルデグリムの扉《とびら》が閉まる前に、たくさんいたとされる魔導師《まどうし》や魔術師《まじゅつし》は、星の位置、つまり星座を模して地に描《えが》き、それを魔法陣《まほうじん》と呼んだと言われていた。それも、魔法が失われたいまとなってはなんの効力もない。ごくたまに、例えばあのアーシュレイ＝サンシモンのように、精霊《せいれい》の姿を見ることができるものもいるが、だからといって彼らを使役したりする力があるわけではなかった。いまどきそんな力を持っているものは、かえって得体が知れない。あの、アイオリアの監察使《かんさつし》、ハリエット＝ラメンホープのように——

　らしくない感懐《かんかい》に頭を振って別れを告げると、彼は、大通りから外れて裏道に身を紛《まぎ》れ込ませた。ケルンテルン通りの裏の裏、このすぐ横はアンティヨールの娼婦街《しょうふがい》といういきわどい場所に、その店はひっそりと建っていた。国王の第三夫人ブリジット＝パルマンの内縁《ないえん》の夫が営む、小さな居酒屋だった。

　アイオリアの愛妾《あいしょう》になる以前、彼女はシャングリオン随一《ずいいち》の売れっ妓《こ》として、ローランドだけではなく近隣《きんりん》諸国に名を馳《は》せる名妓《めいぎ》だった。教養のある彼女は、気位の高い貴族達にも人気があったが、とくに、街に見えない線を引いて儲《もう》けているような物騒《ぶっそう》な連中からは、貴婦人と呼ばれ崇《あが》められていた。そんな彼女が選んだ人間は、とくにどこがどうというわけではない、ごくごく平凡《へいぼん》な、しいていえば善良そうというだけが取り柄《え》の、中年の男性だった。

　ナリスの顔を見ると、店主は、そっと店の奥を指さした。

　薄《うす》っぺらい衝立《ついたて》に隠《かく》れるようにして、アイオリアがテーブルに突《つ》っ伏《ぷ》していた。テーブルの上に、空になったワイン壺《つぼ》が六つも並んでいる。ナリスなら、そのままあの世に連れていかれそうな量だが、案の定、濃《こ》いアルコール臭《しゅう》が、見えざるショールとなって彼女の肩《かた》の辺りにまとわりついていた。

　そっと背を叩いたが、反応はなかった。

「陛下……」

周りに誰《だれ》もいないことを確認して、ナリスはそっと耳元にささやいた。

「陛下、帰りましょう。ナリスが、お迎《むか》えに上がりましたよ」

「……陛下なんて呼ぶな」

すねたような声が、突っ伏した顔の下から聞こえてきたので、ナリスはほっとした。

「ほら、立てますか。ずいぶんお呑《の》みになったんですね」

目が半開きのアイオリアを抱《かか》え上げ、引きずるようにして店を出る。

外は、店の中よりまだすこしひんやりとしていた。

しばらく歩いたところで、アイオリアが急に立ち止まった。

「陛下……？」

「……おんぶ」

「は？」

「おんぶ！」

アイオリアは、小さな子供のように地団駄《じだんだ》を踏《ふ》んだ。

ナリスは、こみ上げてくるものを苦笑《くしょう》で散らして、彼女の前にしゃがみこんだ。

「はい、どうぞ」

誰もいない通りは、ほとんど店も閉まっていて閑散《かんさん》としていた。月明かりだけが、わずかに足元を照らす中、アイオリアを背負ったナリスの影《かげ》が、後ろに長く伸《の》びた。

アイオリアが言った。

「重くないの?」

「なんの。……あなたをおんぶするのは、慣れています」

背中で、アイオリアは笑ったようだった。

「こうやって、空を見上げているとねえ……、
地上にはいつくばって生きてる人間や、建物や山なんかも視界に入ってこなくて、もう、ずいぶん年月が経《た》ったことを忘れそうになる」

上を向いて、はあっと、息を吐《は》いた。息は、もう白くはならなかった。

「でもいまだけでも忘れてください。昔、こうして小さなあなたをおぶったときに戻って……

…」

「あんまりいい記憶《きおく》じゃないだろう。お互《たが》いに」

ナリスも笑った。

「そうですね……」

ふいに、誰かの笑い声が店の中から聞こえてきた。

背後に広がるアンティヨールは眠《ねむ》らない街だ。男たちは休日を前に、安い酒を飲み明かし、女達の他愛もない話に耳を傾《かたむ》ける。それでなくとも、今夜は話題が豊富だろう。

その音も、やがて遠ざかっていった。

「どうして、あんなことを言ったんです?」

ナリスが、アイオリアだけに聞こえる声で言った。

「ふたりで、ヒエロソリマを越《こ》えよう、なんて……」

「なに?」

「ああ…あのこと……」

ナリスは、左の耳に、アイオリアの息がかかるのを感じた。

「馬鹿《ばか》な話だよ。旅をした道を逆にたどれば、なくしたものを取り戻《もど》せそうな気がしたんだ」

そんなはずないんだけどね、と、まだ半分以上酔《よ》っぱらった調子で笑う。

そうですね、とナリスは答えた。

「……久しぶりに食べたら、片栗《かたくり》の花、おいしくなかった……」

その子供のような口調に、ナリスは吹《ふ》き出した。

「どうしてまた、そんなものを食べたんです?」

「さあ、なんでだろう。自分でもよくわからないんだ。あの水っぽい苦みが口の中に広がって、それから、忘れていたことを思い出したからかな。

……ああ、それできっと、取り戻せるなんて思ったんだ」

「例えば?」

「例えば、そう……、おまえのこととか――」

ナリスは、一瞬《いっしゅん》立ち止まった。

……しばらくして、また何ごともなかったかのように歩き始める。

「コルネリアスのヤツに、酷《ひど》く撲《ぶ》たれたたって?」

「ええ」

話題が変わったことに、どこかほっとしながら、ナリスは頷《うなず》いた。

「おかげで、今日、脇腹《わきばら》をねらえなくて戦いづらかったので。

「――それで、あなたが目に見えて手加減していたので。でもまさか、あんなふうに負かされるとは思いもしませんでしたけどね」

「――それで、撲たれた仕返しをして来たんだ」

ナリスは、耳の後ろに、冷や汗《あせ》が流れるのを感じた。

「……なんのことですか？」

「責めてるわけじゃない。殺せと命じなかったわたしが悪い。王騎士《きし》は、わたしの命なくば剣《けん》を振るえないのだということを忘れていた」

ナリスは、口の中に溜《た》まった唾液《だえき》を飲み込んだ。そして、いろんなことを――用意してきた短刀をコルネリアスの利《き》き手に握《にぎ》らせたとき、彼はまだ温かかったことを思い出した。

正式文書上では、コルネリアス＝ゴッドフロアは自殺したことになっている。彼は、スカルディオの最も濃《こ》い血を引きながら、国王に謀叛《むほん》した罪で、聖櫃《せいひつ》の間に棺《ひつぎ》を並べることを許されなかった。本来なら、彼の妻や縁《えん》に連なる者も罰《ばつ》されてしかるべきであったのだが、アイオリアがその必要を認めなかった。なにより、スカルディオと認められなかったことが、彼にとって一番の報《むく》いになるはずであろうから、と――

「最後まで、わたしは甘かった。許せ」

「いいえ、……そのようなお言葉は、もったいのうございます」

ナリスは、声の詰《つ》まりを誤魔化《ごまか》すように、アイオリアを背負いなおした。

「アイオリアさま」

「うん？」

「……あのときのこと、まだ怒《おこ》っておいでですか」

沈黙《ちんもく》が落ちて、肩の辺りがわずかに重くなったようにナリスは感じた。声が返ってくるまでの間、彼は足元を見ながら黙々《もくもく》と歩き続けた。——返ってくるまでの間？……いいや、それは永遠に返ってこないかもしれない。

ナリスはそのとき、聴覚《ちょうかく》以外のすべての五感を、一時的に失っていた。

やがて、自分の顔のすぐそばで声がした。

「……怒ってない」

体中の筋肉が、いっせいに弛緩《しかん》した……ような気がした。

夜風が、ふたりよりも早い足で通りを駆《か》け抜《ぬ》けていった。

ナリスは、何ごとかを頷いて、ふたたび歩き始めた。十歩も行かないうちに、肩の上ですうという寝息《ねいき》が聞こえてきた。

アイオリアを背負って歩きながら、彼女が、片栗の花を口に食《は》んで思い出した苦みを、ナリスもまた思い起こしていた。

あれから十年近くが経《た》つが、その年月を数えるたび、年月が人を癒《いや》すわけではないということを思い知る。いまでも目を閉じると、髪《かみ》を切らないでと泣きながらすがりついてきた小さな顔が、瞼《まぶた》に浮かんでは彼を苦しめた。いやだ、もう許して、歩きたくない、そう言って座り込んだ彼女をおぶって、ナリスは冬のヒエロソリマを越えた。役人に見つかりそうになって頭から泥《どろ》を被《かぶ》ったこと、アイオリアが片栗の花を口から出そうとするのを、むりやり顎《あご》を押さえつけて飲み込ませたときのことなどが、潮《うしお》のように彼の心に満ちて瞼にあふれた。

ナリスもまた、アイオリアと同じようにあの旅で多くのものを失った。彼女が言ったように、道を逆にたどることができたら、どんなに良《い》いだろうと思った。あの街道《かいどう》をゆく馬車に、悲しみだけを背負わせることができたら――。

だが、道は遠く果てしなく、ほんの少し前、アイオリアがおんぶをねだったことさえ、ただの過去でしかなかった。明日がある以上、それ以上に長い道のりが、自分たちの目の前に広がっているはずなのだ。

その距離《きょり》を、できることならば、こうやって歩いていきたかった。

少し明るくなった東の空から、星が少しずつ消えていった。星が昼間もそこにあって、ただ見えないだけなのだということに、ナリスはなんとなくおかしさを誘《さそ》われた。まるで、人の良心のようだと思った。誰《だれ》の心にでもあるものなのに、人の心が闇《やみ》に沈《しず》みそうにならないと見えない――

ナリスは、朝焼けに向かって歩いた。はるか目の前の地平線を、炎《ほのお》の足をした駿馬《しゅんめ》が駆け抜けていくのを、彼はただ黙《だま》って眺《なが》めていた。

*

王宮の庭とほぼ同じころ、白い衣《ころも》から緑の衣へ服を着替《きが》えた場所がある。

エスパルダの右翼《うよく》に広がるブランマージュの森、その中にひっそりとたたずむ白亜《はくあ》の屋敷《やしき》は、その日珍《めずら》しい客を迎《むか》えていた。

「国王陛下を、手ひどく振《ふ》ったようですね」

アーシュレイの白い指が、ゲルトルードの頭皮をやさしくまさぐっていた。

「彼女は、誤解したでしょう。自分は、またいとこどのに捨てられたのではないかと」

「あれは、強くなった。そのうち、わたしの意図を理解してくれるだろう」

「わたしの、意図……？」

彼女は、背もたれがずいぶんと低い椅子《いす》に寝《ね》ころんで、アーシュレイに髪を洗ってもらっていた。大きな盥《たらい》の中に広がった銀色の髪に、ゆっくりと湯をかけてゆく。

石鹸《せっけん》の泡《あわ》が、あっというまに盥に白い蓋《ふた》をしてしまった。

アーシュレイは、なめらかな銀の髪の手触《てざわ》りを楽しんだ。

「それはいったいどういう意図でしょう。我々が十年も前から、結婚《けっこん》の口約束をかわしていたということか、それとも――」

彼は、そばに用意された大きな梳《す》きの櫛《くし》で、丁寧《ていねい》に髪をといた。

「我々の間に、いわゆる恋愛《れんあい》という、やっかいな共通認識《にんしき》がないことか……」

「どちらでもよい……」

目を瞑《つぶ》ったまま、ゲルトルードはクスクス笑った。

「べつに愛し合っていなくとも、結婚はできる。奇跡《きせき》でなくとも、葡萄《ぶどう》の木の中から、バルビザンデが見つかるようにな」

軽く、ゲルトルードの髪を絞《しぼ》ると、アーシュレイは真っ白い布で髪を軽く押さえた。濡《ぬ》れた髪が、陽《ひ》の下にさらされて、きらきらと輝《かがや》いている。

「あれだけの大きいダイヤモンドとなると、なかなか幹に食い込んでくれず、すこしばかり手間がかかりましたよ」

「すぐにつかうものではないから、のんびりやってくれと申したであろう」

そう言って、ゲルトルードは上体を起こした。

ゲルトルード＝イベラ＝グランヴィーアと、アーシュレイ＝サンシモンは、いまから九年前に出会った。出会った、と表現するほど、それは甘やかなものではなかったが、甘くなくとも、ふたりがそのとき結婚の約束をしたことは事実である。

九年前、アイオリアに王冠《おうかん》をかぶせたとき、ゲルトルードは、バルビザンデが光っていないことに驚愕《きょうがく》した。もし、このことが公《おおやけ》になれば、アイオリアは暗殺される。一族は、アジェンセン王家に玉座を奪《うば》われた恨《うら》みを忘れてはいない。スカルディオのお家芸である砒素《ひそ》をもって、必ず彼女を毒殺しにかかるだろう。

ゲルトルードは、バルビザンデを密《ひそ》かに隠《かく》すことを思いついた。バルビザンデさえ無くなってしまえば、アイオリアを追いつめる決定的な証拠《しょうこ》は失われる。あとは、彼女を正式に即位《そくい》させ、国王の地位に就《つ》けてしまうことだ。そうすれば、旧王族は、少なくとも直接的に彼女を害することはできなくなる。ゲルトルードよりも血の濃《こ》いスカルディオが生まれるまで、彼女の身は保障される……。

――だが、もし生まれてしまったら？

ゲルトルードは、思案の淵《ふち》の、さらに深いところまで手を伸《の》ばした。

十年も経《た》てば、彼女らの世代が親になる。彼女の従兄《いとこ》であり、王位継承権《けいしょうけん》を持つコルネリアスなども当然結婚しているだろう。一族のしきたりに則《のっと》って、彼は一番血の濃い花嫁《はなよめ》を迎えるはずだ。そのときに、生まれた赤ん坊《あかんぼう》を玉座に就けようとする陰謀《いんぼう》が、かならず起こる。

「そう、貴女にとって、すべての行動理由はあの方に終結する」

手に付いた泡をすすぎながら、アーシュレイは言った。

「あの日、貴女《あなた》が二つの用件を抱《かか》えてぼくの元を訪れたとき、その両方ともを、ぼくは事前に察知しえていました。ぼくは、風の精霊《エーメリー》と言葉を交わすことができる。そして、彼女らが決して嘘《うそ》をつかないことも知っている。

だが、貴女がバルビザンデを持って、実際にぼくの目の前に現れるまで、そのことは到底《とうてい》信じられなかった」

ゲルトルードは静かに笑っている。

アーシュレイは続けた。

「貴女は、ぼくにこう言った。

わたしと結婚してほしい。ただし、いますぐにではなく、わたしが結婚したいと言ったときに——。そして、これをどこかに隠してほしい。できることなら、葡萄の木の中がいい。十年経ったら、外に見えるように」

クックッと、まるで山鳩《やまばと》が喉《のど》を鳴らすように笑った。

「貴女はひとりだった。たったひとりで、愛する従妹《いとこ》を守るために、強大な一族に刃向《はむ》かおうとしていた。そんな貴女が味方に抱《だ》き込むのに、ぼくは都合がよかった。そう、ぼくはロゼッティだ。この世の権力や富になんの興味もない。人間にさえ——」

ゲルトルードは立ち上がった。彼女は庭に出て、まだ露《つゆ》を浮《う》かべているスグリの葉を、たわむれにぷつんと引っ張った。白い指が、露に塗《まみ》れた。

ゲルトルードの足元に、大きな穴が開いていた。そこには、ほんの半年ほど前まで大きく育った葡萄の木があった。いまは……、穴が開いているだけだ。

「奇跡など、タネをあかしてしまえば、たあいもないことだ」

ゲルトルードは、濡れた髪にゆっくりと指を通した。

実は、コルネリアスの庭にあった葡萄の木は、もともとアーシュレイの屋敷の庭にあったものだ。そのことを知るのは、いまこの場にいる二人だけだった。

「信じたい者が信じればいい。そして、コルネリアスは信じた。自分たちが選ばれた者であることを――」

「信じ込ませたのは、貴女だ」

「冷静になって考えてみれば、ここを突《つ》き止めることなどいくらでもできたはずだ。だが、彼はそうしなかった。奇跡を信じたかったからだ」

「貴女は、彼らが暴発しやすいよう、わざと四師団を同時期に帰投させた」

「たまたま、時期が重なっただけだ」

「再編制を装《よそお》って、意図的にコンラート＝ゲールマンを降格させた。彼が裏切り者になるように。彼をとりこんだことで、ゴッドフロア公爵《こうしゃく》は、軍の中に地歩を固めることができたと安心するだろう。そのために、ゲールマンを利用した」

「勝手に裏切ったのだ。なにもわたしがそう命令したわけではない」

どちらもそよ風に溶《と》け込んでしまいそうな、おだやかな声だった。

アーシュレイは、では、これは、と切り札を出すような口調で言った。

「貴女は、やはりわざと、ミルザとホークランド皇女の結婚を見のがした。なぜならば――」

彼は、少し目を伏《ふ》せた。

「なぜならば、貴女の目的は、国王陛下の既婚《きこん》歴を白紙に戻《もど》すことだった――」

ゲルトルードの笑《え》みに、ほんの少しだけ驚《おどろ》きが混じった。それは、海の中に墨《すみ》を一滴《ひとしずく》垂らすほどの変化でしかなかったが、彼女のことを知っているごくわずかの人間――例えば、あのオクタヴィアン＝グリンディ侯爵《こうしやく》夫人のような――には、感知し得たであろう。

「ミルザとホークランド皇女が結婚する。それを望んでいないのは、現皇帝《こうてい》の側近たちだ。彼らは、皇太子の信頼《しんらい》が厚い新参者を、決して快くは思っていない。

もし、この先、皇太子が死ぬようなことになれば――」

言って、彼はまだ熟《う》れていないラズベリーを口に含《ふく》んだ。

「王位継承権を持つのは、皇太子の妹、ミルザの妻だ。彼らはやっきになって結婚を白紙に戻そうとするでしょう。そのときに、パルメニアとホークランドの利害は一致《いっち》する。

貴女は、あのかわいそうな皇太子を殺すことで、同じ木からいくつもの実をもぎとろうとしている……」

ホークランド皇太子であるライオネルが死ねば、ミルザはホークランドでの地盤《じばん》を失う。そして、その跡《あと》を狙《ねら》って、ホークランドに内紛《ないふん》が起こる。

アーシュレイが言ったように、宮宰《きゆうさい》ガレを筆頭とする皇帝の旧臣たちは、二人の結婚を白紙に戻そうとするだろう。フランシアを、もっと自分たちの有利に働く王侯《おうこう》と結婚させるために。

星山庁《サルゴン》から結婚権さえ取り戻すことができれば、アイオリアとミルザの結婚はなかったことにできる。

「それはおかしな話だ。アーシュレイ」

ゲルトルードは、スグリの木の枝に、腕《うで》を絡《から》ませた。

「わざわざライオネルを殺さなくても、ミルザの結婚はなかったことになるぞ。まさか、皇帝の娘婿《むすめむこ》が重婚《じゆうこん》の罪を犯《おか》すわけにはいくまい。

ライオネルはミルザを買っている。かわいい妹と義弟のために、ミルザの婚姻届《こんいんとどけ》を星山庁から買い取るだろう。それこそ莫大《ばくだい》な金を支払《しはら》ってな」

「そう、しかし貴女はライオネルを殺す」

「ほう、どうやって。むろん、目の前にいれば矢でも槍《やり》でも射てやるが、残念ながら、相手は嘆《なげ》きの盾《たて》の向こうだ」

「砒素《ひそ》を――」

アーシュレイは、ゲルトルードの目が驚愕に見開かれるのを、楽しげに見ていた。

「大公殿下《でんか》、貴女は、スカルディオだ。それ以外のなにものでもない」

「なにもの、でも…ない……？」

そう、と彼は言った。

「貴女はスカルディオの血を憎《にく》んでいた。幼いころから体が弱かった貴女は、眠《ねむ》れない夜を過ごすたびに、自分をこんな体にした一族の血を呪《のろ》った。

そんな貴女の前に、あのアイオリアは現れた。貴女が得られなかった健康な体を持ち合わせた彼女は、その血ゆえに命の危機にあった。貴女はこう思ったはずだ。こんな世界は狂《くる》っていると……。だが、たとえ、貴女があの健康的な女王陛下に、いくら自己を投影《とうえい》しようとしても、その事実に変わりはない。貴女は、スカルディオだ。最後の最後まで――」

ゲルトルードの指が、スグリの葉をゆっくりと口元に運んだ。アーシュレイは知っていた。

彼女は動揺《どうよう》すると、苦い葉を噛《か》む癖《くせ》があるのだということを——

「今回の内乱で、貴女は、運命の女神《シャンテリィ》と賭《か》けをしていた。貴女の愛する従妹《いとこ》が、亡霊《ぼうれい》の手を振《ふ》りきって、自分の元に帰ってくるかどうか。

そして、貴女は賭けに勝った——」

ゲルトルードの、うすい珊瑚《さんご》色の唇《くちびる》がわずかにほころんだ。

「……なるほど、精霊と話ができるというのも、まんざら嘘《うそ》ではないらしい」

歯形のついた葉が、足元にはらりと落ちた。

「貴公がロゼッティでよかった。貴公のような密偵《みってい》に身辺を探《さぐ》られてはかなわぬ」

ゲルトルードは、アーシュレイの前に立った。

「髪《かみ》をありがとう。アーシュレイ。わたしはもう行く」

アーシュレイは上体を起こして、彼女の髪の先に口づけた。

「ところで、まだ聞かせてもらえぬのか。貴公がわたしとの結婚《けっこん》を承諾《しょうだく》した理由を——」

「いずれ、時間の神が、我々にそれを許せば……。

疲《つか》れたら、ぼくのところにおいでなさい。また髪を洗ってさしあげましょう」

「わたしは、疲れない」

ゲルトルードはきっぱりと言いきった。

「すべてに背《そむ》いて生きる覚悟《かくご》はできている。いずれ朽《く》ち果て、暗黒地下に落とされようとも」

ゲルトルードは、小薔薇《ばら》のアーチの下をくぐり、庭を出た。

アーシュレイは、その頑《かたく》なな背中に声をかけた。

「罪ですよ」

ゲルトルードは、足を止めた。

彼女は振り返った。長い髪が風をはらんで、マントのように肩《かた》の上になびいた。

彼女は笑っていた。美しい、透《す》きとおるような氷の微笑《びしょう》だった。


「上々だ――」


――史実において、アイオリアとゲルトルードのふたりがパルメニアを共同統治した時代は、暗黒の中世にあって、もっとも華《はな》やかで安定した時代であったといわれる。

のちに、ゲルトルードは人生の後半において王位にのぼり、自らも安定した治世を敷《し》くが、それは、アイオリアの残したものを頑なに守り続ける行為《こうい》に等しかった。

人々は、ゲルトルードのことを、片羽をもがれた鳥、片翼《へんよく》の女王と称《しょう》したのである――

最終幕　ともに土となるまで

鐘《かね》が鳴った。

式までの時間が差し迫《せま》ったことを知って、ミルザは白の手袋《てぶくろ》をユーリーに渡《わた》した。彼は手袋にミルザの指を通し、礼服の上着を持って背後に立った。十年前、まだ彼がシレジア公子の侍《じ》従《じゅう》であったときから、いままで変わらぬ朝の習慣だった。跪《ひざまず》いて靴《くつ》を履《は》かせ、そのまましばらく靴を磨《みが》く。ミルザの体に触《ふ》れないようにしながら身支度《みじたく》を整えるのは、慣れていないものにとっては至難の業《わざ》だろう。だが、侍従ならばそれは当然のことだ。最後にマントを掛《か》け、房《ふさ》のついた肩ひもを通して、胸にブローチで止める。今日の装いは特別だった。そしてそれを支度したのも、二度目だった。

また鐘が鳴った。

それは、自分の心に染《し》みるように響《ひび》いて、ミルザの中にあの日の憎しみを呼びさました。いまでは遠い過去となってしまった日に、彼は祖国が滅《ほろ》ぼされた鐘の音を、山一つ越《こ》えた国境の森で聞いたのだった。

「私は、きっと、暗黒地下に落とされるだろうな」

自嘲《じちょう》めいた笑いが、ミルザの口から洩《も》れた。

「神の名において誓《ちか》ったものがありながら、こうして権力と己《おのれ》の復讐《ふくしゅう》のためにあの方を不幸にしようとしている」

「フランシアさまは、ミルザさまをお慕《した》いしておられます。どうして不幸などと――」

「これは、裏切りなのだ。ユーリ」

ミルザは立ち上がった。

「私は、時がすべてを癒《いや》してくれると思っていた。憎しみや、かけがえのないものを奪《うば》われた悲しみを、時間の女神《めがみ》が寝《ね》かしつけてくれるものだと、信じていた。だが、私は結局、忘れることができなかった。あの人を――」

ユーリーが静かに瞠目《どうもく》した。

「私は、あの人を奪いに行く。そのために、パルメニアを滅ぼす」

「で、では、この結婚は……」

「私が、あのひとと結婚したのは、あのひとを愛していたからではなかった」

ふたりの結婚は、政治的なものだった。であったからこそ、彼は彼の妻になったひとを不憫《ふびん》に思い、できるだけ心を尽《つ》くしたのだった。

ミルザはゆっくりと扉《とびら》に向かった。

「どんな卑劣《ひれつ》だとののしられてもいい。私はいずれ孤独《こどく》の中で死ぬだろう。そのために、死を恐《おそ》れるようなまねをしたくない。

私はあの人と三度《みたび》出会いたい。愛し合うか、殺し合うかは、そのとき、決めようと思う」

ミルザの前の、両開きの扉が開いた。真っ赤な絨毯《じゅうたん》が敷かれた道を見つめ、ミルザは一歩を踏《ふ》み出した。

大広間で、彼の花嫁《はなよめ》が待っていた。古式ゆかしく、神話の時代の女神の装いをしたフランシアが、頬《ほお》を染めて花婿《はなむこ》を見つめた。このときまで、彼女は世界で一番幸福な女であったろう。

ふたりは手を繋《つな》いで、司教の前に立った。

「結婚の神シリシェの名において、また契約《けいやく》の神アルト・ルメリの名において、ふたりが真実、夫婦《ふうふ》となることを誓うか？」

ふたりは、跪いて、額を差し出した。司祭が、彼らの額に柊《ひいらぎ》の葉を焼いた灰をなすりつける。

「誓います」

ふたりは唱和した。

「ともに召《め》され、ともに、土となるまで――」

王国暦《おうこくれき》三三三年。

パルメニアがホークランドに対して史上最大の大敗北を喫《きっ》した、サンテミリオンの戦いまで、あと三月《みつき》を残す春の終わりであった。

あとがき

どちら様もお元気でいらっしゃいますか。毎回小ネタで受けばかり狙《ねら》ってないで、ちゃんとあとがき書けとアロエリーナに叱《しか》られてしまったので、今回はのっけからいつもと違《ちが》います。

え、アロエリーナって誰《だれ》かって？　それは、うちの殺しても死なないゾンビ担当後藤のことです。何を隠《かく》そう、アロエリーナというあだ名は、彼女が私の言うことをぜんぜん聞いてくれないから私が勝手に付けたんですが……。

《一例》

私　：でもさあ、これってておかしくない？

担当：あーいいのいいの、ファンタジーだから。

私　：ここの、……なんだけど、ちょっと変だよね？

担当：大丈夫大丈夫《だいじょうぶ》。グランドロマンだから。

私　：……あんたひとの話聞いてる？

担当：聞いてる聞いてる。じゃ、あたしこれから帰るから、○時間後にプロットよろしく。

誰か彼女に、私が人間であることを（ついでにいたいけな女の子であることを）教えてやってください。プンプン。

……まあ、こんな感じの二人三脚《きゃく》で、遠征《えんせい》王シリーズ（命名担当）も無事三巻を発刊することができました。『マグダミリア』を書いたときは、まさかここまで引っ張るとは夢にも思いませんでしたので、いろいろとボロが出てきてみっともないことになっておりますが、そこは私も精進一途《しょうじんいちず》。各キャラクターともども、世界観も愛していただけますと作者冥利《みょうり》に尽《つ》きます。

そうそう、この間友人が、植木鉢《ばち》のチューリップに、そうざん如雨露《じょうろ》で水をやりながら「わたしのプリマジーナ……」とかつぶやいてるミルザのイラストを送ってきて、あやうく牛乳噴《ふ》きそうになりました。彼女は本屋に勤めているのですが、ある日、『エルゼリオ』を手に取った女子高生が「ねえ、これってホモなの？」「違うよ、レズだよ」「えっ、この人たち女なの？」「違うけど、レズらしいよ」「えー、ホモじゃなくて？」……と混乱しているのを傍目《はため》で見ながら、そっと涙を拭《ぬぐ》ったそうでございます。ええ、ええ、よろしゅーございますとも。もうホモでもレズでも（笑）。

次があれば、アイオリアの恋愛《れんあい》問題の方に筆を進めていきたいと思っています。あとはラストまで突《つ》っ走るだけですので、どうか最後までお見捨てなきよう、よろしくお願いいたします！

お忙《いそが》しい中、いつも素敵《すてき》な挿《さ》し絵を付けてくださる麻々原《ままはら》先生。今回も本当にありがとうございました！

この次も、〝遠征王とゆかいな仲間たち〞でお会いできることを祈《いの》って……。

執筆《しっぴつ》バイオハザード　高殿　円　拝

BEANS BUNKO

「ドラゴンの角　遠征王と片翼の女王」の感想をお寄せください。
おたよりのあて先
〒102-8078　東京都千代田区富士見2-13-3
角川書店アニメ・コミック事業部ビーンズ文庫編集部気付
「高殿円」先生・「麻々原絵里依」先生
また、編集部へのご意見ご希望は、同じ住所で「ビーンズ文庫編集部」
までお寄せください。

ドラゴンの角
遠征王《えんせいおう》と片翼《へんよく》の女王《じょおう》

高殿《たかどの》　円《まどか》

角川ビーンズ文庫　BB2-4　12449

平成14年5月1日　初版発行

発行者――角川歴彦
発行所――株式会社角川書店
東京都千代田区富士見2-13-3
電話／編集（03）3238-8506
営業（03）3238-8521
〒102-8177　振替00130-9-195208
印刷所――暁印刷　製本所――コオトブックライン
装幀者――micro fish

ISBN4-04-445004-8 C0193 定価はカバーに明記してあります。

第2回
角川ビーンズ小説賞
原稿大募集!

大賞 正賞のトロフィーならびに副賞100万円と応募原稿出版時の印税

角川ビーンズ文庫では、ヤングアダルト小説の新しい書き手を募集いたします。
ビーンズ文庫の新人作家として、また、次世代のヤングアダルト小説界を担う人材として広く世に送り出すために、「角川ビーンズ小説賞」を設置します。

【募集作品】
エンターテインメント性の強い、ファンタジックなストーリー。
ただし、未発表のものに限ります。受賞作はビーンズ文庫で刊行いたします。

【応募資格】
男女・年齢は問いませんが、商業誌デビューをしていない新人に限ります。

【原稿枚数】
400字縦詰め原稿用紙で、150枚以上350枚以内

【応募締切】
2003年3月31日(当日消印有効)

【発表】
2003年9月発表(予定)

【審査員(予定)】(敬称略、順不同)
荻原規子 津守時生 若木未生

【応募の際の注意事項】
●鉛筆書きは不可です。
●ワープロ原稿可。その際は20字×20行(縦書)仕様にすること。
ただし、400字縦詰め原稿用紙にワープロ印刷は不可。感熱紙は変色しやすいので使用しないでください。
●原稿には通し番号を入れ、右上をとじてください。
●原稿の初めに3枚程度の概要を添付し、郵便番号、住所、氏名、ペンネーム、年齢、略歴、電話番号を明記してください。
●作品タイトル、氏名、ペンネームには必ずふりがなをふってください。
●同じ作品による他の文学賞への二重応募は認められません。
●入選作の出版権、映像化権、その他一切の権利は角川書店に帰属します。
●応募原稿は返却いたしません。必要な方はコピーをとってからご応募ください。

【原稿の送り先】
〒102-8078 東京都千代田区富士見2-13-3
(株)角川書店アニメ・コミック事業部「角川ビーンズ小説賞」係
※なお、電話によるお問い合わせは受付できませんのでご遠慮ください。

BEANS BUNKO